Jochen Till
sturmfrei.

Von Jochen Till sind in den Ravensburger Taschenbüchern bereits erschienen:

52258
Fette Ferien

RTB 52406
Fiese Ferien

RTB 52511
Ferien, Flirten und Flamingos

RTB 58201
Ohrensausen

RTB 58368
Charlie und Leo

RTB 58415
Absch(l)ussfahrt

RTB 58437
Auf die Ohren!

RTB 58448
Ausgeflogen

RTB 58469
Charlie und Leo. Der Typ muss weg!

Jochen Till

sturmfrei.

Ravensburger Buchverlag

Als Ravensburger Taschenbuch
Band 58476
erschienen 2015

FSC
www.fsc.org
MIX
Aus verantwortungsvollen Quellen
FSC® C114500

1 2 3 4 18 17 16 15

Ungekürzte Ausgabe

Postfach 18 60, 88188 Ravensburg
Umschlaggestaltung unter Verwendung von Fotos
von Fotolia / Kzenon

Printed in Germany

ISBN 978-3-473-58476-5

www.ravensburger.de

Denise

Nein, das geht auch nicht, nicht sexy genug.

»Gibst du mir mal das grüne?«

Ja, das grüne ist besser, passt auch zum Rock. Aber dann müssen andere Ohrringe her.

»Moni?«

Ich drehe mich zu ihr um. Sie liegt auf dem Bett und blättert in meiner *Young Miss*.

»Moni!«

Sie blickt von der Zeitschrift zu mir auf.

»Hm?«

»Das grüne Top! Direkt hinter dir!«

Moni dreht sich auf dem Bett um und schaut suchend über die dort verteilten Klamotten.

»Links, neben dem roten Teil!«

»Das hier?«

Sie fischt sich das grüne Top mit zwei Fingern und betrachtet es skeptisch.

»Genau das. Wirf es rüber.«

»Dieser Fetzen Stoff? Ich dachte, das wäre ein Taschentuch.«

»Ha, ha, sehr witzig. Seit wann macht Gucci Taschentücher? Dieser Fetzen hat 50 Euro gekostet.«

»Das ist Gucci? Da passt ja noch nicht mal der Schriftzug drauf.«

»Jetzt hör auf hier rumzumeckern und gib's endlich rüber! Tust ja gerade so, als hättest du'nen Rollkragenpulli an. Dein Teil ist mindestens genauso bauchfrei.«

»Bauchfrei, ja. Aber nur eine Hand breit, nicht bis zu den Nippeln.«

»Quatsch, so kurz ist das überhaupt nicht! Und das kann ich dir auch gleich beweisen, wenn du es mir endlich gibst!«

Moni verdreht genervt die Augen und wirft mir das Top zu. Ich muss mir unbedingt demnächst mal eine neue beste Freundin zulegen, die nervt echt langsam. Ist doch nicht meine Schuld, dass sie zu fett ist und es sich nicht leisten kann, sich sexy anzuziehen. Ich kann mir das absolut leisten, also warum sollte ich es nicht machen? Die ist doch nur neidisch, die blöde Zicke.

Ich streife mir das Top über. Mist, ist das eng. Los, geh da schon rüber! Na, also, geht doch. Ich betrachte mich im Spiegel. Ja, das sieht verdammt sexy aus, perfekt. Bis auf die Brüste natürlich, wie immer. Ein bisschen mehr, nur ein kleines bisschen, und ich wäre schon zufrieden. Daran ist nur Mama schuld, die hat auch so wenig. Ich finde, Gene gehören abgeschafft, zumindest Brust-Gene. Aber in drei Monaten bin ich ja endlich sechzehn, dann hat sich das sowieso erledigt. Und egal, was Mama sagt, Papa hat schon zugestimmt und bezahlt die OP auch. Da soll noch einer sagen, Scheidungskinder wären arm dran. Ich habe bisher nur davon profitiert, dass Papa abgehauen ist. Sein schlechtes Gewissen hat mir schon mehr als nur ein Gucci-Teil eingebracht. Und wenn sein geliebtes Töchterchen so sehr unter der Trennung seiner Eltern leidet, dass es beim Betrachten seiner mickrigen Brüste regelmäßig Weinkrämpfe bekommt, sind zwei Körbchengrößen mehr für ihn überhaupt keine Frage – koste es, was es wolle. Vielleicht werden's auch drei. Ja, drei wären besser. Wenn schon, denn schon.

Ich werfe mich in Pose und drehe mich zu Moni um.

»Und?«

Kein Kommentar.

»Was sagst du? Ist das okay?«

»Kommt drauf an. Gehen wir auf 'ne Party oder ins Freibad? Ich hab Bikinis, die mehr verdecken, Denise.«

»Das müssen sie bei deinem Arsch ja auch.«

Das hat gesessen. Daran knabbert sie für den Rest des Abends. Muss mir ja nicht alles gefallen lassen, oder? Ich will schließlich nur von ihr hören, dass ich gut aussehe. Und das ist ja wohl nicht zu viel verlangt.

»Nein, jetzt mal im Ernst, Moni. Wie seh ich aus?«

»Du siehst spitze aus, Denise«, seufzt sie. »Rattenscharf, wie immer.«

Na bitte. War das jetzt so schwer?

»Nicht zu nuttig?«

»Na ja, in der Nähe des Straßenstrichs würde ich so eher nicht spazieren gehen.«

»Moni, kannst du nicht mal fünf Minuten deine blöden Witzchen weglassen? Ist das jetzt zu nuttig, oder nicht?«

Ist es natürlich nicht – welche Nutte kann sich schon Gucci leisten? Trotzdem, man hat ja so schnell einen schlechten Ruf weg bei den Jungs, und das ist nun absolut das Letzte, was ich will. Ein Sexy-Ruf, okay. Den Jungs sollen ruhig die Zungen bis zur Kniekehle aus dem Hals hängen und die Hosen ein bisschen enger werden, das ist absolut gewollt und ein Höllenspaß zu beobachten. Aber bloß keinen Ruf als Schlampe, das ist tödlich.

»Nein, ist es natürlich nicht«, sagt Moni gelangweilt und blättert dabei lustlos in der *Young Miss*, ohne mich anzusehen.

»Aber sexy ist es schon? Du guckst ja gar nicht richtig! Jetzt guck mich doch mal an!«

Sie hebt kurz den Kopf. »Ja, ja, supersexy.«

Ein bisschen mehr Begeisterung wäre schon angebracht, aber okay, immerhin.

»Aber du glaubst doch wohl nicht im Ernst, dass dich deine Mum so vor die Tür lässt.«

»Das lass mal meine Sorge sein«, grinse ich sie an. »Ist ja schließlich nicht meine erste Party.«

Mit Mum werde ich schon fertig, kein Problem. Nachdem wir uns eine Zeit lang jeden Morgen wegen meiner Schuloutfits angekeift hatten, habe ich irgendwann offiziell und demütig klein beigegeben. *Ja, Mama, du hast ja Recht, tut mir leid, bauchfrei muss in der Schule wirklich nicht sein und Schminke auch nicht, ich bin ja noch sooo jung, das hat Zeit.* Wie heißt es so schön: Die Klügere gibt nach ... und stylt sich einfach in der Schultoilette um. Ein Mäppchen ist die perfekte Tarnung für Schminkutensilien, und wozu hat man schließlich einen Spind, wenn nicht für überflüssige Klamotten?

Ich betrachte mich wieder im Spiegel. Irgendwas fehlt da, das ist noch nicht perfekt. Ach ja, klar: die Ohrringe.

»Gibst du mir mal mein Schmuckkästchen?«

Moni seufzt mal wieder, streckt sich zum Nachttisch, schnappt sich das Kästchen und gibt es mir. Ich öffne es und stelle fest, dass ich mir möglichst bald mal ein größeres zulegen muss. Wo sind denn diese verflixten Ohrringe, die ich Papa zu Weihnachten aus den Rippen geleiert habe? Ah, da sind sie ja. Ich stelle mich wieder vor den Spiegel und fingere an meinem Ohr herum.

»Sag mal, Moni, hat dieser Loser heute eigentlich Geburtstag oder so?«

Sie schaut verwirrt von der Zeitschrift auf und unsere Blicke treffen sich im Spiegel.

»Welcher Loser?«

»Na der, der die Party macht.«

»Benny?«

»Benny? Heißt der so? Ich dachte, der heißt Matze? Bist du sicher, dass er nicht Matze heißt?«

»Matze ist der andere.«

»Welcher andere?«

»Freund von Benny. Gleiche Klasse, schwarze Haare, versucht immer einen auf Robbie Williams zu machen.«

»Ach, der. Auch so ein Loser.«

So, die Ohrringe sind drin. Ja, sieht gut aus. Muss mir

aber unbedingt bei nächster Gelegenheit links ein zweites Loch stechen lassen, das sieht so leer aus da. Was jetzt? Die Augen, genau. Mist, wo steckt denn bloß dieser verdammte …

»Gibst du mir mal deinen Kajal, Moni?«

Sie kramt in ihrer Handtasche. Ich widme mich wieder meinem Spiegelbild.

»Dieser Benny ist eigentlich ganz nett«, höre ich Moni sagen.

»Wie, ganz nett? Stehst du auf einmal auf Loser, oder was?«

»Quatsch! Wer hat denn gesagt, dass ich auf ihn stehe? Ich habe nur gesagt, dass er ganz nett ist, mehr nicht.«

»Ganz nett, so, so. Der Typ, der den Schulbus fährt, ist auch *ganz nett*. Die meisten Loser sind ganz nett, bleibt ihnen ja auch nichts anderes übrig, sonst würde sich ja überhaupt kein Schwein mit ihnen abgeben. Wenn einer ganz nett ist, darf er mir vielleicht mal die Tür aufhalten, aber das war's dann auch schon. Ganz nett ist echt für'n Arsch, glaub mir.«

»Du willst also lieber einen, der nicht nett zu dir ist, oder wie?«

»Doch, natürlich! Und wie der nett zu mir sein muss! So weit kommt's ja noch, dass einer nicht nett zu mir ist. Das ist ja wohl Grundvoraussetzung. Aber das darf eben nicht alles sein. Nur nett bringt's einfach nicht, das kann ja jeder, sogar so ein Loser wie dieser Benny.«

»Er war immerhin so nett, dich auf seine Party einzuladen.«

»Falsch. Ich bin so nett, seine Party mit meiner Anwesenheit aufzuwerten.«

Moni grinst. »Ach, so ist das.«

»Genau, so ist das. Fliegt da irgendwo'n Lippenstift rum?«

»Ja, hier.«

Welcher ist das? Ja, der ist perfekt, passt super zum Rock.

»Du hast übrigens immer noch nicht meine Frage beantwortet, Moni.«

»Welche Frage?«

»Ob dieser Loser heute Geburtstag hat. Müssen wir da mit Geschenk aufkreuzen?«

»Nein, nicht dass ich wüsste. Es soll nur jeder was zu trinken mitbringen, hochprozentig, natürlich.«

»Sag ich doch, typisch Loser. Macht 'ne Party, hat aber noch nicht mal die Kohle, um seine Gäste mit Alkohol zu versorgen. Na ja, egal, guck mal unterm Bett, da müsste noch 'ne Flasche Sekt von meinem letzten Geburtstag liegen. Das muss als Mitbringsel reichen. Die Jungs werden sowieso Unmengen an Alkohol anschleppen.«

Ich presse meine Lippen aufeinander. Ja, das sieht gut aus. Als ich mich umdrehe, krabbelt Moni gerade unter dem Bett hervor.

»Hab sie!« Triumphierend hält sie die Sektflasche in die Luft. »Ist aber scheißwarm, das Zeug.«

»Wir müssen es ja nicht trinken«, zwinkere ich ihr zu.
»Wir müssen es nur mitbringen.«

Ich gehe an meinen Kleiderschrank, krame meine

schwarze Strumpfhose aus dem Schubfach und schlüpfe hinein.

»Was wird das denn jetzt?«, fragt Moni. »Willst du vorher noch auf die Eisbahn? Es ist total heiß draußen.«

»Die ist für meine Mum. Mit dem Teil lässt sie mich überall hin, ohne zu meckern. Ist sehr praktisch, nimmt kaum Platz in der Handtasche weg.«

Ich greife mir die hässliche Bluse, die mir Tante Sybille geschenkt hat, und ziehe sie an. Das Gute an dem Teil: Sie ist zwar weiß, aber absolut undurchsichtig, sodass Mum nie sehen kann, was ich drunter noch anhabe.

»Und du bist dir wirklich sicher, dass Nico kommt?«, frage ich Moni, während ich die Bluse bis zum obersten Knopf zumache.

»Ich denke schon. Tommy hat jedenfalls gesagt, er und Nico hätten vor, auf die Party zu gehen.«

»Und auf deinen Bruder ist Verlass?«

»Wenn es darum geht, jüngere Mädels abzuschleppen, ja. Wieso bist du eigentlich auf einmal so scharf auf Nico?«

»Hallo? Hast du ihn dir vielleicht mal angeguckt? Der sieht ja wohl mal Hammer aus!«

»Na ja, solange er den Mund nicht aufmacht, okay. Aber er ist ein widerlicher Angeber. Die ganzen blöden Sprüche immer, der glaubt echt, er wär der Tollste.«

»Er ist eben von sich überzeugt, ich find das geil. Die ganzen Loser zucken doch immer gleich zusammen und laufen rot an, wenn ein Mädchen sie nur mal anguckt. Nico weiß genau, was er will und wie er es kriegt. Und heute Abend werden ich und mein Outfit dafür sorgen, dass er mich will und auch gerne kriegen kann.«

»Du musst wissen, was du tust, Denise. Aber beschwer dich dann bitte hinterher nicht, wenn er dich schon morgen nicht mehr mit dem Arsch anguckt. Du weißt hoffentlich, dass er das mit jeder abzieht, die er flachlegt.«

»Ich bin aber nicht jede, Moni. Im Gegensatz zu den ganzen Pipi-Mädchen, die er bisher hatte, habe ich Style. Ich habe Klasse. Und Klasse setzt sich auf Dauer immer durch. Guckst du mal bitte in die Nachttischschublade? Da müsste eine Kette drin sein.«

Moni streckt sich auf dem Bett, öffnet die Schublade, wühlt mit einer Hand blind darin herum und zieht die Kette heraus.

»Das hässliche Teil hier?«, fragt sie mit skeptischem Blick. »Hast du die deiner Oma geklaut? Die willst du doch nicht wirklich anziehen, oder?«

»Nicht länger als die Strumpfhose … Und die Kette ist wirklich von meiner Oma, hat sie mir vererbt. Meine Mum kriegt immer ganz feuchte Augen, wenn ich sie trage, das lenkt sie vom Make-up ab. Hilfst du mir mal?«

Ich drehe ihr den Rücken zu und Moni legt mir die Kette um.

»So, fertig«, sage ich und betrachte mich noch einmal im Spiegel. »Na, wie seh ich aus?«

»Total die Spießerin«, kichert Moni.

»Dann ist es perfekt! Was ist mit dir? Bist du fertig?«

»Ja.«

»Okay, dann kann's losgehen! Nimmst du den Sekt?«

»Schon verstaut.«

»Handtaschen-Check?«

»Ich hab alles.«

»Fishermans?«

»Die starken.«

»Selbstverteidigung?«

»Eine frische Dose Pfefferspray.«

»Kondome?«

»Hab nicht vor, welche zu brauchen.«

»Das hat man auch nicht vor, das passiert einfach«, zwinkere ich ihr zu und öffne meine Zimmertür.

»Ja, wenn man's drauf angelegt hat.«

»Mum!«, rufe ich laut. »Wir sind dann weg!«

»Wie bitte?«

»Wir gehen jetzt! Bis morgen! Hab dich lieb!«

Ich stoße Moni kichernd meinen Ellenbogen in die Seite.

»Nicht so schnell, junge Dame!«

Ich höre ihre Schritte näher kommen.

»Erst mal möchte ich sehen, ob du auch einigermaßen manierlich angezogen bist!«

»Natürlich, Mama! Super-manierlich!«

Ich schaffe es gerade noch so, nicht schallend loszulachen, bevor sie den Flur betritt.

Nico

»Ey, Tommy, guck mal, da drüben!«

»Was denn? Wo?«

Ich ziehe Tommy an mich ran und nicke mit dem Kopf in Richtung Käsetheke.

»Da!«, sage ich. »Verdammt geiler Arsch, was?«

»Welche meinst du?«

»Na, die Blonde da links! Warte, gleich bückt sie sich wieder! Da, jetzt!«

»Oha! Tatsache! Nicht schlecht, geiles Teil!«

Die Blondine richtet sich wieder auf und dreht sich um. Mann, die ist ja von vorne noch schärfer als von hinten.

»Boah, guck dir mal die Hupen an!« Tommy krallt sich in meinen Arm.

»Ey, hör auf, ich krieg gleich'n Rohr. Ich muss heute Abend unbedingt einen wegstecken.«

Und zwar ganz dringend. Sitze jetzt schon wieder seit sechs Tagen auf dem Trockenen. Vielleicht sollte ich mir doch endlich mal was Festes zulegen, für unter der Woche. Nein, nicht wirklich, zu viel Stress und Rumgezicke, das ist es nicht wert.

»Das sollte heute Abend kein Problem sein«, grinst mich Tommy von der Seite an. »Da gibt's jede Menge Frischfleisch.«

»Na, das will ich doch hoffen. Moni kommt auch, oder?«

»Hey, du lässt die Finger von meiner Schwester, dass das klar ist!«

»Kein Problem. Das geht auch ohne Finger.«

»Das ist mein Ernst, Nico! Moni ist tabu! Kapiert?«

»Ja, ja, kapiert. Was bedeutet tabu noch mal gleich? Allzeit bereit? Du weißt doch, Fremdwörter sind nicht gerade mein ...«

Tommy läuft rot an und packt mich am Kragen.

»Das ist nicht lustig, Nico! Ich mein's ernst! Lass Moni in Ruhe! Da gibt's genug anderes Material!«

Immer wieder herrlich, wie schnell Tommy mit diesem Thema auf die Palme zu bringen ist. Er glaubt doch wirklich, sein Schwesterchen wäre noch Jungfrau. Dabei hat sie mich schon vor drei Monaten höchstpersönlich vom Gegenteil überzeugt. Und ich war mit Sicherheit nicht erst der Zweite auf ihrer Liste – dazu wusste sie schon viel zu genau, wo's lang geht. Ich kann nur hoffen, dass sie das ihrem Bruder nicht irgendwann mal steckt, das wäre wahrscheinlich mein Todesurteil. Aber wird sie schon nicht, dann wäre sie ja ihren heiligen Jungfrauenstatus bei ihm los. Egal, so oder so, ich kann einfach nie widerstehen, Tommy damit aufzuziehen. Das ist einfach zu köstlich.

»Okay, okay, war doch nur Spaß, reg dich ab«, reiße

ich mich von ihm los. »Was bist du eigentlich immer so empfindlich, wenn's um Moni geht? Willst sie wohl ganz allein für dich haben, was?«

»Ey, das ist meine Schwester, Mann!«

»Na und? Wie ging dieses Lied noch gleich? *Das befriedigt meine Triebe, Geschwisterliebe, Geschwis…*«

»Hör auf mit dem Scheiß! Du bist echt krank! Ich könnte doch nie was mit meiner eigenen …«

»Oha!« Ich halte Tommy den Mund zu und drehe seinen Kopf nach rechts. Das blonde Geschoss steuert mit ihrem Einkaufswagen genau auf uns zu. Tommy schubst meine Hand weg und fährt sich mit den Fingern durch die Haare. Sie kommt näher. Mein Gott, was für ein Prachtexemplar!

»Sieht fast so aus, als hätte sie keinen BH an!«, zischt Tommy mir zu.

»Wahrscheinlich hat sie gar nichts drunter!«, flüstere ich zurück.

Die Blondine ist jetzt fast auf unserer Höhe. Ich lehne mich mit über der Brust verschränkten Armen an ein Regal zurück und lege ein breites Lächeln auf. Wie alt sie wohl ist? Über zwanzig auf jeden Fall. Mann, die hat bestimmt Sachen drauf, dass einem die Ohren schlackern. Jede Wette, die braucht nur einen einzigen Blick, um eine Hose zu öffnen. Na los, guck mich schon an, du Goldstück! Sie ist nur noch zwei Schritte entfernt. Yes. Ich zwinkere ihr zu. Sie lächelt. Ich wusste es, du willst mich, Baby. Sie biegt mit ihrem Einkaufswagen in die nächste Regalreihe ein.

»Hast du das gesehen?« Ich stoße Tommy mit dem Ellenbogen in die Rippen.

»Allerdings. Die hat echt keinen BH an«, grinst er mich schwachsinnig an.

»Ja, das auch. Aber hast du gesehen, wie sie mir zugezwinkert hat?«

»Wie jetzt? Du hast ihr ins Gesicht geguckt? Wann hattest du denn dafür noch Zeit? Da gab's doch so viel Wichtigeres zu sehen.«

»Oh, Mann, du lernst es wohl nie! Ich frag mich, wie du überhaupt jemals zum Schuss gekommen bist. Um bei Weibern was zu erreichen, muss man ihnen auch mal *in* und nicht nur *auf* die Augen glotzen!«

»Ey, für wie bescheuert hältst du mich? Das wusste ich schon, als du noch kein einziges Haar am Sack hattest. Aber man muss ja schließlich auch Prioritäten setzen. Zuallererst guckt man mal *auf* die Augen und wenn die okay sind, aber nur dann, kann man immer noch *in* die Augen gucken und das ganze Weiberprogramm abspulen. Umgekehrt wäre ja reine Zeitverschwendung. Da fängst du sonst oben an und wenn du runterguckst, sind am Ende gar keine Augen da und du hast den ganzen Abend 'ne Schnalle an der Backe, bei der sich die Möpse mit Pickelcreme entfernen lassen.«

»Stimmt auch wieder. Aber egal, jedenfalls hat dieses Geschoss mir eben zugezwinkert.«

»Ja und, weiter?«

»Was, weiter? Bei der könnte ich heute noch einen wegstecken, ist ja wohl eindeutig.«

»Ja, genau! Die ist ja wohl eindeutig drei Klassen zu hoch für dich – und nicht nur altersmäßig. Zugezwinkert, pah! Wahrscheinlich hatte sie nur was im Auge.«

»Du kannst gerne auch gleich was im Auge haben, du Penner. Was heißt denn hier drei Klassen zu hoch? Bei mir gibt's keine Klassen. Geschosse sind auch nur Weiber, nichts anderes. Und bisher hab ich noch jede in die Horizontale gekriegt, auf die ich's abgesehen hatte. Wer bei Weibern in Klassen denkt, kriegt nie was Gutes vor die Flinte. Und dann muss man sich ewig mit so was zufriedengeben, wie du letzte Woche abgeschleppt hast.«

Und das war vielleicht ein Besen – die wäre selbst nach zwei Flaschen Wodka nicht schöner geworden. Aber Tommy ist da absolut schmerzfrei. Er nimmt immer die, die ganz am Schluss noch übrig bleiben und so besoffen sind, dass sie gar nicht mehr raffen, wer ihnen da gerade an die Wäsche geht. Große Möpse, die sich anfassen lassen, das ist alles, worauf Tommy Wert legt. Nichts gegen große Möpse, da bin ich der Letzte, der etwas dagegen einzuwenden hätte. Aber wenn dann nicht ein geiler Körper, garniert mit einem zumindest einigermaßen hübschen Gesicht, dazukommt, was bringen da die größten und schönsten Möpse der Welt? Würde irgendjemand den *Playboy* kaufen, wenn man dort von den ganzen Super-Geschossen nur die Möpse sehen würde? Wohl kaum. Außer Tommy, natürlich.

»Ey, komm, so hässlich war die auch wieder nicht«, sagt er abwehrend. »Und sie hatte geile Möpse. Und überhaupt, du kriegst auch nicht immer jede. Was war denn zum Beispiel neulich mit dieser Schnalle im Schwimmbad? Die hat dich ja wohl mal eiskalt abblitzen lassen.«

»Oh Mann, das war doch nur, weil ihr Stecher plötzlich aufgetaucht ist! Zehn Minuten später und sie wäre mit mir in der Umkleide verschwunden, hundertpro. Hast du noch so ein tolles Beispiel?«

Tommy überlegt hektisch.

»Ja! Die Reitmaier!«, platzt er triumphierend heraus. »Susi Reitmaier! Bei der konntest du auch nicht landen! Weiß ich noch genau! An der hast du zwei Wochen rumgegraben und dir eine Abfuhr nach der anderen eingefangen!«

»Reitmaier ... Susi Reitmaier ... Ach, ja! Das war die mit dem komischen Muttermal auf der Innenseite ihres linken Oberschenkels! Das war echt der Hammer. Wenn man ganz nah dran war, sah es original aus wie Roberto Blanco.«

Tommy verzieht angefressen das Gesicht.

»Trotzdem kriegst du nicht jede«, mault er.

»Nein, hast ja Recht«, sage ich und klopfe ihm versöhnlich auf die Schulter. »Nicht jede. Nur jede, die ich will.«

Tommy tippt sich mit dem Zeigefinger an die Stirn.

»Hier oben vielleicht.«

»Oben, unten, in der Mitte, wo auch immer. Aber jetzt lass uns mal langsam loslegen. Wo ist denn hier die Abteilung für Hochprozentiges?«

»Da vorne, glaube ich«, sagt Tommy und zeigt mit dem Finger in Richtung Kasse.

Wir stapfen los und finden uns kurz darauf im Party-Paradies wieder. Schon geil, was es alles zu trinken gibt, und gleich so viel davon. Tommy und ich stehen vor einer Wand aus Flaschen und wissen gar nicht, wo wir zuerst hingucken sollen. Meine Augen suchen die Regale nach dem Wodkafach ab.

»Hier!«, strahlt Tommy und schnappt sich ein Sixpack *Rigo*. »Das ist doch schon mal perfekt!«

»Geht's noch?«, verziehe ich verächtlich das Gesicht. »Was willst du denn mit dem Alkopops-Mist? Hast du im Lotto gewonnen, oder was? Das ist doch viel zu teuer.«

»Aber die Mädels stehen total auf das Zeug. Das ist der absolute Büchsenöffner!«

»Bullshit! Das ist Wodka mit Bitterlemon gemixt, weiter nichts. Und das knallt noch nicht mal richtig. Wenn du damit eine richtig abfüllen willst, brauchst du mal locker sieben, acht Flaschen, wenn's reicht. Und das ist ja wohl ein ganz beschissenes Preis-Leistungs-Verhältnis. Nee, nee, lass mal stecken, das ist echt Kindergeburtstag. Hier, das ist doch was Reelles!«

Ich habe den Wodka entdeckt und steuere direkt auf das Regal zu. Ich schaue mir die Preisschilder an, ziehe zwei Flaschen der billigsten Marke heraus und halte sie Tommy unter die Nase.

»*Das* sind echte Büchsenöffner«, kläre ich ihn auf. »Über vierzig Umdrehungen. Wenn du den richtig mixt, brauchst du nur zwei Gläser und alle Tore zum Spaßpalast spreizen sich automatisch.«

»Klingt perfekt. Aber vielleicht nicht gerade den allerbilligsten Fusel, oder? Ich meine, kennst doch die Mädels. Wenn da nicht irgendein bekannter Name draufsteht, zicken die gleich wieder rum. Hier, lass uns lieber den *Smirnoff* nehmen.«

Tommy zieht zwei Flaschen *Smirnoff* aus dem Regal.

»Nix da!«, protestiere ich. »Stell die mal sofort zurück! Die kosten fünf Euro mehr! Das ist rausgeschmissenes Geld! Die Mädels kriegen die Flaschen doch gar nicht zu sehen. Wir holen jetzt noch zwei Flaschen Lemon und kippen da den Wodka rein. Wenn das erst mal gemixt ist, schmeckt eh keine Sau mehr den Unterschied.«

»Okay, wenn du meinst«, brummt Tommy und schiebt die *Smirnoff*-Flaschen wieder zurück ins Regal. »Was sonst noch?«

»Wie, was sonst noch?«

»Na, wir können da doch schlecht mit nur zwei Flaschen Lemon aufkreuzen. Wie sieht das denn aus? Ich mein, wir sind ja noch nicht mal eingeladen, da muss man doch wenigstens was Ordentliches zum Saufen mitbringen.«

»Hä? Wieso das denn? Hast du heute Morgen mit Weichspüler geduscht, oder was? Der Typ kann froh sein, dass wir überhaupt was mitbringen, wenn er uns schon nicht einlädt. Oder hast du etwa mal wieder Schiss, dass wir da nicht reinkommen?«

»Quatsch, Schiss! Logisch kommen wir da rein! Wir sind bis jetzt ja wohl überall reingekommen! Der Typ ist mir doch fuckegal! Ich meinte doch nur, dass wir noch irgendwas Trinktechnisches speziell für die Mädels kaufen sollten, irgendwas, worauf sie abfahren, einfach um Eindruck zu schinden.«

Und ob der Schiss hat. Ist doch jedes Mal dasselbe mit Tommy. Macht sich immer einen tierischen Kopf, ob er irgendwo reinkommt oder rausgeschmissen werden könnte. Er will unbedingt überall dazugehören, und zwar um jeden Preis. War schon immer so. Keine Ahnung, woher das kommt. Dabei ist das doch echt so was von egal. Rein kommt man immer, und wenn mich einer rausschmeißen will, dann kann er das gerne mal versuchen. Aber so weit ist es bisher noch nie gekommen. Warum auch? Das Geheimnis liegt ganz einfach darin, immer cool zu bleiben und keinen Anlass zum Rausschmiss zu geben. Selbst wenn der Gastgeber einen auf den Tod nicht ausstehen kann, solange man nett und höflich zu ihm ist und die Finger von seiner Freundin lässt, hat er keine Chance, einen rauszuschmeißen, weil er sonst selbst als Arschloch dasteht. Auf jeder Party gibt es ein paar Leute, die einen leiden können – eingeladen oder nicht – und wenn man sich nichts zuschulden kommen lässt und trotzdem rausgeschmissen wird, wirft das ein verdammt schlechtes Licht auf den Gastgeber, und das weiß der ganz genau. Aber Tommy hat irgendwie immer ein schlechtes Gewissen, uneingeladen auf Partys zu gehen und zerbricht sich deswegen schon tagelang vorher den Kopf, was absoluter Bullshit ist. Du gehst einfach hin, klingelst, irgendjemand öffnet die Tür, du begrüßt ihn freundlich und schon bist du drin, fertig. Ganz ohne extragroßes Geschenk oder eine Flasche des teuersten Wodkas der Welt. Wobei Tommy jetzt in diesem Fall nicht ganz Unrecht hat. Für die Lockerung der Mädels kann was Schickes zu trinken nie schaden. Irgendwas Süßes am besten, mit nicht allzu viel Alkohol. Etwas, was kurz und schnell zwischendurch abgekippt werden kann. Einen unauffälligen Beschleuniger.

»Erdbeer-Lime«, sage ich und zeige auf eine Reihe roter Flaschen. »Pack eine davon ein, süß und klebrig, da fahren die Mädels voll drauf ab.«

»Ja, sehr cool, gute Idee!«

Tommy nimmt eine Flasche aus dem Regal.

»Wo ist das Bitterlemon?«, frage ich.

»Hier«, antwortet Tommy und schnappt sich zwei Literflaschen aus einer Kiste. »Das war's dann, oder?«

»Ich brauch noch Kippen«, sage ich.

Wir schlendern zur Kasse und finden uns in einer kurzen Schlange direkt hinter dem blonden Geschoss von vorhin wieder. Tommy stößt mir seinen Ellenbogen in die Seite, zeigt auf ihren Hintern und zwinkert mir zu.

»Und du glaubst allen Ernstes, bei der könntest du einen Stich machen?«, flüstert er mir ins Ohr.

»Logisch, jederzeit.«

Die Schlange bewegt sich ein Stück vorwärts, die Blonde legt ihr Zeug auf das Band. Jetzt oder nie, das ist meine Chance. Ich trete seitlich hinter sie.

»Entschuldigung«, sage ich und strecke mich an ihr vorbei nach oben zu den Zigaretten, wobei mein rechter Oberschenkel ganz aus Versehen ihren Hintern streift.

Ich fingere eine Schachtel Zigaretten heraus und werfe

dabei einen Blick in ihren Ausschnitt. Was für eine Aussicht, die sind ja wirklich sensationell! Ich ziehe meinen Arm zurück nach unten, bleibe mit der Hand an ihrer Schulter hängen und lasse das Zigarettenpäckchen fallen.

»Oh, Entschuldigung! Keine Absicht!«

Ich bücke mich nach der Schachtel und werfe einen kurzen Blick unter ihren ziemlich knappen Rock. Verdammt, sie trägt doch einen Slip! Aber der ist schwarz, saugeil, da steh ich total drauf. Als ich mich wieder aufrichte, berühre ich noch kurz mit dem Arm ihren Oberschenkel.

»Oh, sorry! Tut mir echt leid! Ich bin aber auch wirklich total ungeschickt heute.«

Sie dreht sich zu mir um. Ich lege schnell ein ernsthaft bedauerndes Gesicht auf. Sie lächelt mich an.

»Schon gut, Kleiner«, sagt sie und zwickt mich unsanft in die Backe. »Und irgendwann wirst du auch groß genug sein, um mit dem, was du da eben gesehen hast, etwas anfangen zu können.«

Ohne ein weiteres Wort dreht sich die Blondine um. Tommy prustet los, die Kassiererin und alle Umstehenden müssen ebenfalls lachen. Ich werde knallrot, zumindest fühlt es sich so an. Blöde Zicke, blöde. Die tickt doch nicht mehr ganz richtig. Und klein bin ich schon mal überhaupt nicht! Ich bin 1,85 und immerhin werde ich nächstes Jahr achtzehn! Und ich weiß ganz genau, was ich mit zwei Möpsen und dem ganzen Rest anfangen muss. Besser als die dumme Kuh selbst, jede Wette! Das hat die doch nur gemacht, weil sie eigentlich auf mich steht, sich aber nicht getraut hat vor all den Leuten! Oder sie ist lesbisch! Genau, das ist es! Das ist eine blöde, frustrierte Kampflesbe, weiter nichts!

»Ja, ja, es reicht!«, zische ich Tommy zu, der sich immer noch vor Lachen kringelt. »Gib her das Zeug!«

Ich nehme ihm die Flaschen ab, stelle sie auf das Band und kann dabei nur auf den Boden starren, da die blöde Kampflesbe noch am Bezahlen ist. Endlich, sie ist fertig und verschwindet. Ich gehe zwei Schritte vorwärts und blicke auf, direkt in das Gesicht der Kassiererin.

»Na, Kleiner!«, grinst sie mich herablassend an und zieht die Wodka-Flaschen über den Scanner. »Gehst du für Papi einkaufen?«

Und wieder Gelächter um mich herum. Ja, super, echt ein Brüller.

»Kann ich mal deinen Ausweis sehen?«

Das ist jetzt aber nicht ihr Ernst, oder? Normalerweise fragen die nie nach dem Ausweis. Daran ist nur diese blöde Kampflesbe schuld, verdammt! Mist, was mach ich denn jetzt? Ich hab meinen Ausweis nicht dabei.

»Ich bin achtzehn!«, entgegne ich empört. »Achtzehn! Und ich musste im Supermarkt noch nie meinen Ausweis vorzeigen!«

Die Alte sieht mich skeptisch an. Ich ziehe mein Handy aus der Jackentasche und halte es ihr entgegen.

»Hier! Wenn Sie mir nicht glauben, können Sie gerne meine Eltern anrufen!«

Ihr Arm zuckt kurz dem Handy entgegen, dann zieht sie ihn aber doch wieder zurück.

»Na gut. Dann will ich dir mal glauben. Das macht dann 21,57.«

Uff, das war knapp. Ich ziehe mein Portmonee heraus, Tommy drückt mir einen Zehner in die Hand, und ich gebe ihr das Geld. Jetzt aber nichts wie raus hier.

Als sich die Schiebetür zischend hinter uns schließt, atme ich erleichtert auf.

»Das war eng, *Kleiner*«, kichert Tommy.

»Ha, ha! Fang du auch noch an! Sehr witzig!«

»Wieso? Wen meinst du? Das blonde Geschoss, das so auf dich abfährt?«

Verdammt, ich wusste, dass das jetzt kommen würde. Diese Gelegenheit lässt sich Tommy natürlich nicht entgehen, kriegt ja so selten eine. Ich ignoriere ihn und laufe stumm weiter.

»Die, die dir zugezwinkert hat? Meinst du die?«

Einfach ignorieren.

»Die, bei der du heute noch einen wegstecken könntest?«

Gar nicht beachten.

»Ach, mach dir nichts draus. Ist ja nicht so schlimm, auf die kannst du locker verzichten, kriegst ja schließlich jede, nicht wahr?«

Genug jetzt! Ich bleibe stehen.

»Jede, die ich will, hab ich gesagt!«

»Ach so!« Tommy setzt sein fiesestes Grinsen auf. »Und dieses Hammer-Gerät wolltest du auf einmal nicht mehr, oder wie?«

»Genau!«

»Ja, nee, is schon klar! Die sah ja auch bei näherem Hingucken total scheiße aus!«

»War einfach nicht mein Typ.« Ich zucke gleichgültig mit den Schultern. »Und außerdem viel zu alt.«

»Ja, genau!«, prustet Tommy los und klopft sich dabei auf die Schenkel. »Mann, die hat dich so was von abblitzen lassen und zum Affen gemacht, das war echt zu geil!«

»Ach, halt doch die Klappe!«, pflaume ich ihn an und stapfe weiter. »Du hast es ja noch nicht mal versucht, du Lusche! Können wir dann jetzt vielleicht auf diese verdammte Party gehen? Deine Schwester wartet bestimmt schon sehnsüchtig auf mich!«

»Hey!«

Das Lachen gefriert in seinem Gesicht.

»Du lässt die Pfoten von Moni! Das war abgemacht!«

Und so schnell ist der Spieß umgedreht. Jetzt bin ich dran.

»Moni? Meinst du die, die so auf mich abfährt?«

»Nico, das ist mein Ernst! Ich …«

»Die, bei der ich heute ganz sicher noch einen wegstecken könnte?«

»Das wirst du auf keinen Fall tun! Kapierst du das? Du lässt die Finger von meiner Schwester! Ist das klar?«

»Schaun mer mal, wie der Kaiser zu sagen pflegt. Steht Moni eigentlich auf Erdbeer-Lime?«

»Du wirst ihr keinen Erdbeer-Lime geben! Du wirst

ihr überhaupt nichts geben! Kapiert?«

»Och, komm schon, sei doch nicht so! Noch nicht mal einen ganz kleinen?«

»Nix da! Keinen kleinen, kein gar nichts! Moni ist für dich tabu, verstanden?«

Sehr schön, die Rollen sind wieder richtig verteilt. Von mir aus kann's losgehen. Her mit der Party!

Lea

»Lea, kommst du? Essen ist fertig!«

Oh, nein. Jetzt geht das wieder los.

»Hab keinen Hunger!«

»Ach, komm schon! Nur eine Kleinigkeit!«

»Ich ess nachher auf der Party was!«

»Dann leiste uns wenigstens Gesellschaft!«

»Ja, gleich!«

Von wegen, Gesellschaft leisten. Jede Wette, wenn ich mich an den Tisch setze, liegt da bereits ein fettes Wurstbrot auf meinem Teller. Sie kapieren es einfach nicht. Ich bin nicht magersüchtig, ich esse nur ein bisschen bewusster. Aber seit Mama diesen Bericht im Fernsehen gesehen hat, ticken die beiden total aus. Ich meine, ich weiß ja, sie machen sich Sorgen und meinen es nur gut, aber man kann's auch übertreiben. Ich habe in den letzten drei Monaten fünf Kilo abgenommen, lächerliche fünf Kilo! Und die waren auch wirklich nötig! Aber jetzt nehme ich nicht mehr ab, jetzt ist es okay, und ich versuche nur noch das Gewicht zu halten, indem ich ein bisschen darauf achte, was ich esse. Möglichst wenig Fleisch, zum Beispiel, weil mich Fleisch mittlerweile schon richtig anekelt. Am liebsten würde ich Vegetarierin werden. Aber keine Chance, nicht in diesem Haushalt. Bei uns sind sogar die Topfpflanzen Fleischfresser.

»Lea?«

»Ja, ja, komm ja gleich!«

»Und du willst wirklich nichts essen? Ich könnte dir ein Stück Fleischwurst warm machen!«

»Bloß nicht! Ich hab doch gesagt, ich esse was auf der Party!«

Warme Fleischwurst, genau. Geht's noch ekliger? Wenn ich nur daran denke, wird mir schon übel. So wie neulich, als Papa im Restaurant sein Steak besonders blutig bestellt hat. Das war echt noch fast roh, und als er reingebissen hat, lief ihm ein roter Faden Blut übers Kinn. Da ist mir echt schlecht geworden, und ich hab's gerade noch so auf die Toilette geschafft, was für die beiden natürlich wieder eine Bestätigung dafür war, dass ihr armes, ausgehungertes Töchterchen magersüchtig sein muss. Jetzt kann ich mich noch nicht mal mehr in Ruhe übergeben, wenn sie in der Nähe sind. Und mir wird doch so oft schlecht, wenn meine Tage im Anflug sind. Apropos, genau, morgen könnte es wieder so weit sein, hab ich Tampons dabei?

Ich schnappe mir meine Armytasche und durchwühle sie. Ah, ja, da sind noch welche, sehr gut. Hab ich sonst alles? Tabak? Okay. Papers? Auch noch genug. Feuerzeug? Ja, hier. Handy nicht vergessen! Ob ich ein paar CDs mitnehmen soll? Die Musik wird mit Sicherheit obergrausam, wie immer auf solchen Partys. Ich werde nie kapieren, wie man diesen ganzen Charts-Müll hören kann. Das ist doch alles nicht echt, da steckt überhaupt nichts dahinter, kein Herz, kein Können, keine Aussage. Das ist alles nur leer und hohl – wie die Leute, die sich diesen Schrott kaufen und anhören und toll finden. Hohle Leute, grausame Musik, wieso gehe ich da überhaupt hin? Ich habe da eigentlich gar nichts verloren. Ich werde mich wie immer in irgendeine Ecke verziehen und mir angucken, wie alle stetig besoffener und peinlicher werden und sich am Schluss gegenseitig die Zungen in den Hals stecken und an die Wäsche gehen. Das ist alles so schrecklich billig, da meint es keiner ernst, die aufgetakelten Tussis nicht und die besoffenen Typen erst recht nicht. Und am nächsten Montag in der Schule gucken sich dann alle mit dem Arsch nicht mehr an, weil sie nüchtern viel zu klein und feige dazu sind. Aber die Party war natürlich ein Riesenspaß und alle freuen sich schon auf die nächste. Ich weiß echt nicht, was das mit Spaß zu tun haben soll. Ich hasse solche Partys.

»Lea?«

»Sofort! Bin gleich da!«

Also, CDs mitnehmen oder nicht? Nein, lieber nicht, werden ja doch nie aufgelegt, und am Ende sind sie verschwunden. Aber meinen MP3-Player könnte ich einstecken. Wenn's zu grausam wird, kann ich so wenigstens vor der Musik flüchten.

Ich nehme den Player samt Kopfhörer vom Schreibtisch und stopfe ihn in meine Tasche. Hab ich jetzt auch wirklich alles? Ja, das müsste es gewesen sein. Ich verlasse mein Zimmer und gehe in die Küche, wo Papa und Mama bereits ausgiebig am Spachteln sind. Und natürlich, auf meinem Platz steht ein Teller mit einer dicken mit Schinken belegten Scheibe Brot.

»Komm, setz dich, Kind«, sagt Mama. »Lass es dir schmecken!«

»Der Schinken ist einfach fantastisch!«, schmatzt Papa mit halb vollem Mund und hält mir das Brot vors Gesicht. »Den musst du probieren!«

Unfassbar, oder? Meine Mutter nennt mich Kind und mein Vater will mich füttern. Manchmal bin ich mir echt nicht sicher, ob die beiden überhaupt wissen, wie alt ich bin.

»Nein, danke, Papa!«, wehre ich das Brot vor meinem Mund ab. »Ich will jetzt wirklich nichts! Nachher auf der Party gibt's bestimmt noch was Leckeres!«

»Nur ein Stück!«

Er reißt ein Stück Schinken ab und hält es mir unter die Nase.

»Hier, riech doch mal! Hm, das riecht köstlich, oder?«

Ich rutsche mit dem Stuhl nach hinten, um dem Schinken zu entkommen.

»Jetzt lass sie doch in Ruhe, Karsten!«, seufzt Mama. »Hat doch keinen Zweck, du kannst sie schließlich nicht zwingen.«

»Genau!«, stimme ich ihr energisch zu.

Mein Vater zieht resigniert die Hand zurück und stopft sich das kleine Stück Schinken selbst in den Mund.

Ich rücke wieder mit dem Stuhl an den Tisch heran.

»Bei wem ist denn die Party?«, fragt Papa.

»Bei Benny«, antworte ich und gieße mir ein Glas Wasser ein.

»Benny?«

Papa verzieht grübelnd das Gesicht.

»Der Sohn von Annette und Klaus«, erklärt Mama.

»Ach, so, ja klar«, fällt bei Papa der Groschen. »Der kleine Breuninger.«

Genau, der kleine Breuninger. Benny Breuninger. Wir kennen uns schon seit dem Kindergarten. Aber so klein ist er gar nicht mehr, im Gegenteil. Benny ist ehrlich gesagt der einzige Grund, warum ich auf diese blöde Party gehe. Ich weiß auch nicht, wie das kam und wann genau es passiert ist. Ich glaube, es war vor ungefähr drei Monaten, als wir uns zufällig nachmittags in der Stadt bei WOM begegnet sind. Ich hörte gerade in die neue *Dashboard Confessional* rein und stand da so mit den Kopfhörern auf den Ohren, als mir plötzlich jemand von hinten auf die Schulter tippte. Natürlich bin ich total erschreckt zusammengezuckt, und als ich die Kopfhörer abnahm und mich umdrehte, stand Benny vor mir und strahlte mich an. Ich war total überrascht, damit hätte ich nun echt als Letztes gerechnet. Wir haben als Kinder ziemlich oft miteinander gespielt, er wohnt ja auch gerade mal um die Ecke, aber nach der Grundschule ist das irgendwie eingeschlafen. Wir waren zwar immer noch auf derselben Schule, aber in verschiedenen Klassen und irgendwie hatten wir auf einmal nichts mehr miteinander zu tun. Klar, man hat sich noch gegrüßt, wenn man sich über den Weg gelaufen ist, aber das war's dann auch schon, mehr Kontakt gab es nicht. Und als ich dann anfing hauptsächlich schwarz zu tragen und meine Haare abgeschnitten habe, hörte selbst das Grüßen auf. Wobei ich jetzt nicht sagen könnte, wer zuerst angefangen hat, damit aufzuhören, wahrscheinlich war ich es sogar. Ich wollte nichts mehr mit diesen ganzen angepassten Langweilern aus der Schule zu tun haben. Ich wollte was anderes, was eigenes, irgendwas, was nur mir gehört und sich von dem ganzen Einheitsbrei abhebt. Und da passte weder ein Benny noch sonst wer aus der Schule hinein. Umso überraschter war ich natürlich, als er im WOM plötzlich hinter mir stand und mich fragte, ob ich nicht Lust hätte, mit ihm was trinken zu gehen, was wir dann auch taten. Warum genau ich mich dann in ihn verliebt habe, weiß ich allerdings immer noch nicht. Es können nicht nur diese wahnsinnig blauen Augen sein, an die ich ständig denken muss, auch nicht seine Stimme, die ich überall zu hören glaube. Und rein äußerlich ist er eigentlich auch überhaupt nicht mein Typ. Er sieht stinknormal aus: normale Klamotten, normaler Haarschnitt, nichts Außergewöhnliches, nichts, was ihn aus der Masse, die ich im Grunde genommen so verabscheue, herausheben würde. Aber wenn ich mit ihm zusammen bin, geht es mir einfach gut. Er bringt mich zum Lachen und ich ihn, und es ist ein sehr, sehr schönes Gefühl mit Benny zu lachen. Wir gehen seit etwa zwei Monaten dreimal die Woche gemeinsam joggen und das, obwohl ich joggen immer gehasst habe. Mittlerweile kann ich es kaum noch erwarten, wie eine Blöde durch den Wald zu rennen, nur um ihm irgendwie nah zu sein. Ob es ihm genauso geht? Keine Ahnung, das ist total schwer einzuschätzen. Manchmal habe ich das Gefühl, dass er mehr als nur eine Jogging-Partnerin in mir sieht, aber an anderen Tagen kommt es dann so rüber, als würde außer laufen nie was laufen. Aber ich habe beschlossen, dass das nicht so weitergeht. Ich will, nein, ich muss endlich wissen, ob er für mich genauso empfindet, wie ich für ihn. Und heute ist genau der Abend, um das herauszufinden. Deswegen, und einzig und allein deswegen, gehe ich auf diese dämliche Party. Nur dass ich leider noch nicht weiß, wie ich es anstellen soll. Ich meine, ich kann ihn ja wohl schlecht einfach so fragen, oder? *Hi, Benny! Nette Party! Liebst du mich?* Nein, auf gar keinen Fall, das ist viel zu plump. Aber wie sonst? Na ja, mal abwarten, wie der Abend sich so entwickelt. Vielleicht ergibt sich ja irgendwann eine gute Gelegenheit, um sich näher zu kommen. Notfalls werde ich sogar mit ihm tanzen, auch wenn ich das noch mehr hasse als joggen.

»Wie alt wird er denn?«, fragt Papa.

»Wer?«, entgegne ich verwirrt.

»Na, der kleine Breuninger.«

»Wie, wie alt wird er denn? Kapier ich nicht, was soll die Frage?«

»Ich denke, du gehst auf seine Party. Da musst du doch wissen, wie alt er wird, oder? Hast du denn wenigstens ein Geschenk?«

»Wie, Geschenk? Wieso denn Ge… Ach so! Nein, das ist keine Geburtstagsparty, Papa.«

»Kein Geburtstag?«, staunt Papa. »Wieso macht er denn dann eine Party?«

»Weiß nicht«, zucke ich mit den Schultern. »Man kann doch auch so mal 'ne Party machen, oder? Braucht man dafür immer einen Grund?«

»Nein, natürlich nicht. Aber normalerweise sind das doch Geburtstagspartys, auf die du gehst.«

»Seine Eltern sind aber schon da, oder?«, fragt Mama mit skeptischem Blick.

»Weiß nicht«, antworte ich. »Glaub schon.«

»So, so, glaubst du. Und wenn nicht?«

»Na, wenn nicht, dann sind sie eben nicht da. Wir sind doch nicht mehr dreizehn, Mama, wir können auf uns selbst aufpassen.«

»Das mag ja durchaus sein«, sagt sie und schnappt sich eine Scheibe Brot. »Aber versorgen, das könnt ihr euch noch nicht allein. Und wenn das eine Party ohne Eltern ist, dann ist es auch eine Party ohne richtiges Essen. Ich schmiere dir jetzt zwei Brote und die nimmst du dann mit.«

Das darf ja wohl jetzt echt nicht wahr sein, oder? Unglaublich, diese Frau.

»Mama! Ich werde auf gar keinen Fall Wurstbrote auf eine Party mitnehmen!«

»Oh, doch, das wirst du! Du musst was essen, Kind!«

»Das werde ich ja auch! Aber ich setze mich da bestimmt nicht hin und beiße in eine mitgebrachte Wurststulle! Wie sieht das denn aus? Die halten mich doch alle für total bescheuert!«

»Du kannst ja auf die Toilette gehen, dann sieht dich keiner. Jetzt sag doch auch mal was, Karsten!«

Das kann ja wohl jetzt echt nicht ihr Ernst sein. Ich soll mich auf einer Party auf die Toilette schleichen, um da heimlich Wurstbrote zu essen? Das wäre ja quasi Bulimie, nur andersrum. Andere Leute gehen auf die Toilette, um ihr Essen wieder loszuwerden, und ich soll es mir dort reinstopfen? Diese Frau tickt manchmal echt nicht mehr ganz richtig.

»Jetzt lass sie schon, Helga. Du wärst damals auch nicht mit Wurstbroten auf eine Party gegangen.«

»Genau!«, stimme ich ihm zu.

»Na gut«, seufzt Mama. »Aber du musst mir versprechen, dass du dort etwas isst. Und wenn es nichts Gescheites gibt, dann bestellst du dir bei Gino eine Pizza, die Nummer hast du ja, oder?«

»Ja, hab ich«, rolle ich genervt mit den Augen.

Mit der Nummer unserer Stammpizzeria hat sie schon vor Wochen eine der Schnellwahltasten meines Handys belegt. Natürlich werde ich mir keine Pizza bestellen, so weit kommt's noch. Aber das ist eine wunderbare Gelegenheit, um mein Taschengeld ein wenig aufzubessern.

»Ähm …«

 Ich setze meine unschuldigste Miene auf.

»Aber ich glaube, mein Geld reicht leider nicht mehr ganz für eine Pizza.«

»Karsten!«, bellt Mama im Befehlston. »Gib dem Kind Geld für eine Pizza!«

Papa schiebt sich sein halbes Schinkenbrot komplett in den Mund, um die rechte Hand freizukriegen, und zieht damit sein Portmonee aus der hinteren Hosentasche.

»Reicht das?«, nuschelt er und hält mir einen Zehner entgegen.

»Klar, dicke«, schnappe ich mir den Schein und lasse ihn in meiner Jeans verschwinden. »Danke, Papa.«

Jetzt aber nichts wie weg hier, bevor ihnen noch was anderes einfällt, um mich zwangszuernähren.

»Oh, schon so spät? Ich muss los!«

Ich stehe auf und gehe in den Flur an die Garderobe.

»Jetzt schon?«, ruft Mama. »Es ist doch erst sieben. Fängt die Party schon so früh an?«

Natürlich nicht. Und selbst wenn, würde ich nicht so früh hingehen. Auf Partys geht man frühestens eine Stunde nach dem offiziellen Beginn. Aber ich muss vorher noch mal in die Stadt, hab nichts mehr zu rauchen. Und ohne einen oder zwei ordentliche Joints überlebe ich den Abend und die ganzen blöden Leute mit Sicherheit nicht.

»Äh, nein!«, rufe ich aus dem Flur zurück, während ich mir meine Jacke anziehe. »Aber ich treffe mich vorher noch mit einer Freundin! Muss sie vom Bahnhof abholen, die S-Bahn kommt gleich!«

»Wann bist du zurück?«, will Papa wissen.

»Keine Ahnung!«, antworte ich. »Kann spät werden!«

»Aber zum Frühstück bist du wieder hier!«, brüllt Mama.

»Allerspätestens! Tschüss!«

»Ja, tschüss!«, höre ich Papa noch, als ich die Tür öffne. »Viel Spaß!«

Und draußen bin ich. Nicht zu fassen, die beiden, oder? Ich darf die ganze Nacht wegbleiben, solange ich bloß keine Mahlzeit verpasse. Aber darüber beschwere ich mich natürlich nicht, das ist schon mehr als cool so.

Wobei ich selbstverständlich nicht erst wieder zum Frühstück nach Hause kommen werde, so toll wird es heute Abend mit Sicherheit nicht. Außer, das mit Benny entwickelt sich so, wie ich es mir vorstelle, dann wird das die beste Party aller Zeiten. Kifft Benny eigentlich? Haben wir uns schon mal übers Kiffen unterhalten? Ich glaube nicht. Das wäre natürlich perfekt. Dann würde ich ihn einfach zu etwas späterer Stunde in eine ruhige Ecke ziehen, mit ihm einen rauchen und dann ganz locker und gelöst mal das große Thema Liebe ansprechen. Ja, das klingt nach einem guten Plan, das werde ich versuchen. Noch mal danke für den Zehner, Paps! Das ist genau das Gramm mehr, das zur Erfüllung meiner Träume führen könnte. So langsam freue ich mich fast schon auf diese blöde Party.

Benny

»Annette? Hast du meine schwarzen Schuhe irgendwo gesehen?«

»Sind im Koffer! Nimm die braunen für die Fahrt!«

»Hast du die Fahrkarten?«

»In meiner Handtasche! Die Eintrittskarten auch!«

»Was machst du denn so lange da unten im Keller?«

»Ich erkläre Benny nur noch schnell die Waschmaschine!«

»Kommst du dann? Das Taxi müsste jeden Augenblick hier sein!«

»Bin gleich da!«

Die Waschmaschine, ja, genau. Meine Mutter ist schon verdammt cool, manchmal zumindest. Sie zwinkert mir zu.

»Also«, sagt sie. »Du passt auf, dass das Wohnzimmer abgeschlossen ist, und nach oben ins Schlafzimmer kommt auch niemand.«

»Geht klar«, nicke ich.

»Ihr haltet euch ausschließlich hier unten und in der Küche auf.«

»Kein Problem.«

»Und geraucht wird auch nur hier unten.«

»Gebongt.«

»Und ab elf die Musik nicht mehr ganz so laut. Die Noltes sind zwar fast taub, aber trotzdem. Ich habe keine Lust mir irgendwelches Gemecker anhören zu müssen, wenn wir wieder da sind.«

»Wann genau kommt ihr denn wieder?«

»Freitagnachmittag, so gegen vier. Und dann muss alles wieder picobello sein!«

»Natürlich, absolut picobello!«

»Und übertreibt's bitte nicht so mit dem Alkohol.«

»Sowieso nicht!«

Ich schüttle heftig den Kopf.

»Das ist mein Ernst, Benny! Wenn einer von euch mit einer Alkoholvergiftung im Krankenhaus landet und uns eine Anzeige wegen verletzter Aufsichtspflicht ins Haus flattert, ist der Teufel los!«

»Nein, nein, ich pass schon auf! Keine Alkoholvergiftung, versprochen!«

Hab ich den Elzenheimer eigentlich eingeladen? Ich hoffe nicht. Denn der schafft es regelmäßig, sich krankenhausreif zu saufen.

»Und sollte dein Vater doch irgendwie rauskriegen, dass du hier eine Party gefeiert hast: Ich wusste von nichts, dass das klar ist!«

»Absolut klar, Mama! Ich nehme alles auf meine Kappe!«

»Wenn er doch nur nicht immer so spießig wäre, dein

Vater«, schüttelt sie nachdenklich den Kopf. »Ich verstehe das nicht, früher war er nicht so.«

»Er wird eben alt«, grinse ich.

»Wahrscheinlich. Und wenn du auch alt werden willst, sorgst du besser dafür, dass er nichts von dieser Party mitkriegt.«

»Kein Problem. Ihr dürft nur heute Abend nicht mehr anrufen!«

»Nein, nein, keine Sorge, das regle ich schon. Wir kommen sowieso erst nach elf in Hamburg an. Um die Uhrzeit wird nicht mehr angerufen. Wir werden uns morgen nach dem Frühstück bei dir melden.«

»Nicht so früh, bitte!«

»Länger als bis zehn werde ich deinen Vater kaum hinhalten können. Kennst ihn doch. Er gibt keine Ruhe, bis er nicht weiß, dass das Haus nicht über Nacht geklaut wurde. Leg das Telefon neben dein Bett, kannst ja dann gleich weiterschlafen.«

»Zehn Uhr? Das ist …«

»Annette!«, unterbricht mich mein Vater von oben. »Das Taxi ist da!«

»Komme!«, ruft meine Mutter.

Ich drehe mich in Richtung Kellertreppe und will gerade loslaufen, als sie mich von hinten festhält.

»Du weißt Bescheid, Benny«, flüstert sie. »Wenn irgendwas ist, geh rüber zu Oma. Sie kommt nachher noch mal kurz vorbei und bringt euch Frikadellen und Kartoffelsalat.«

»Aber sie bleibt nicht hier, um aufzupassen!«

»Keine Angst. Kennst sie doch. Sie wird sich einmal kurz umschauen und dann wieder gehen.«

»Okay«, nicke ich.

Wir gehen zusammen nach oben. Mein Vater steht schon mit dem Koffer in der Tür und hält meiner Mutter Jacke und Handtasche entgegen.

»Wir werden noch den Zug verpassen!« Er wedelt hektisch mit der Jacke.

»Werden wir nicht«, winkt meine Mutter ab. »Es ist noch mehr als genug Zeit.«

Sie schlüpft gemütlich in ihre Jacke, während Papa die Tür öffnet und den Koffer nach draußen trägt. Mama verdreht genervt die Augen und folgt ihm. Ich gehe mit raus. Der Taxifahrer wuchtet den Koffer in den Kofferraum, während mein Vater nervös daneben steht.

»Vorsichtig!«, zischt er den Taxifahrer an. »Da sind Schuhe drin!«

Der Taxifahrer schaut ihn kurz verständnislos an und schließt die Kofferraumklappe.

»Mach's gut, mein Großer«, sagt Mama und drückt mir einen Kuss auf die Wange. »Bis Freitag.«

»Ja, tschüss, Benny!«

Mein Vater schüttelt mir die Hand.

»Und pass gut aufs Haus auf! Immer schön abschließen, auch tagsüber!«

»Ja, mach ich, keine Sorge.«

Endlich steigen die beiden ein und das Taxi fährt los. Ich winke ihnen noch nach, bis sie um die nächste Ecke verschwunden sind.

Puh, das wäre geschafft, sie sind tatsächlich weg! Wie spät ist es eigentlich? Viertel nach sieben, okay. Was muss ich noch machen? Im Keller ist so weit alles klar, da muss ich nur noch die Fahrräder raus- und die Stühle aus dem Wohnzimmer reinstellen, das geht ruckzuck. Zum Glück ist der Keller sowieso mein Reich. Im Sommer schlafe ich sogar da unten, weil es in meinem Zimmer unterm Dach nicht auszuhalten ist vor Hitze. Der Keller ist sozusagen mein Zweitzimmer, mit Schlafcouch und der alten Anlage meines Vaters. Genau, ich muss noch CDs von oben holen, das darf ich nicht vergessen. Aber zuerst das Wichtigste überhaupt: der Kühlschrank! Ich hechte in die Küche, öffne die Kühlschranktür und dann das Eisfach. Shit, das ist ja proppenvoll! Was ist denn das alles für ein Mist? Gemüse, Fischstäbchen, eine Packung Grillwürstchen, das kann alles raus, das schmeiß ich bis morgen in die Kühltruhe im Keller. Ich schnappe mir den ganzen Kram, bringe ihn runter in die Waschküche und lasse alles in die Kühltruhe purzeln. Okay, was jetzt? Ach ja, mein geheimes Getränkedepot im Partykeller. Ich ziehe die Tüte, die ich bereits vorgestern dort deponiert habe, hinter der Schlafcouch hervor. Zwei Flaschen Wodka, eine Bacardi, zwei Kirschsaft und eine Bitterlemon – sehr gut, alles da. Ich habe zwar gesagt, dass jeder was zu trinken mitbringen soll, aber wenn man als Gastgeber selbst überhaupt nichts da hat, ist es auch irgendwie blöd. Außerdem sind in der Tüte noch Pappbecher, Pappteller und Plastikbesteck. Ich habe nämlich keine Lust, morgen den ganzen Tag mit Spülen und Scherbenentsorgung zu verbringen.

Wieder oben, verstaue ich den Alkohol im Eisfach. So, das wäre erledigt. Was kommt als Nächstes? Ach ja, CDs runterholen. Ich laufe hoch in mein Zimmer. So, was brauche ich alles? Am besten von allem ein bisschen, nichts zu Abgefahrenes, sonst meckern die Mädels nur rum. Worauf Denise wohl steht? Mist, warum weiß ich das nicht? So was sollte man immer wissen, vor allem, wenn man versucht bei einer Frau zu landen. Hm, mal scharf nachdenken, was könnte Denise hören? Sie sieht jedenfalls nicht nach Punk oder Rock aus. R'n'B? Ja, schon eher. Hip-Hop vielleicht? Könnte sein. Deutsch oder Englisch? Am besten beides. Mal gucken, was habe ich denn so da in die Richtung? *Fettes Brot*, ja, das ist gut. *Snoop Dogg*, ja das auch. *Xavier Naidoo*? Eigentlich zu soft für eine Party, aber den mögen die meisten Mädels. Was noch?

50 Cent! Obwohl, das ist eher was für Jungs, aber egal, kommt mit. *Eminem*, okay, kann nie schaden. Noch ein bisschen was anderes vielleicht. *Green Day*, ja, auf jeden Fall! Und *Good Charlotte*, die muss auch ... Oh, was war das? Die Klingel? Mist, hoffentlich sind das nicht meine Eltern, die irgendwas vergessen haben!

Ein hastiger Blick aus dem Badezimmerfenster. Uff, es ist zum Glück nur Phillip! Und er hat einen vollen Kasten Bier dabei – sehr gut! Auf Phillip ist immer Verlass, wenn es um Alkohol geht. Oder um was zum Rauchen. Mit Phillip habe ich meinen ersten Joint geraucht, das ist jetzt ungefähr ein Jahr her. Vorher hatte ich mich nie getraut, von wegen Drogen und der ganzen Panikmache überall. Aber an diesem Abend – wir waren auf dem Weg zum *Green Day*-Konzert – habe ich es dann doch mal ausprobiert. Der Joint machte die Runde, und weil ich nicht als absoluter Spielverderber dastehen wollte, zog ich einmal ganz vorsichtig dran. Ich hatte Wunder was erwartet – dass ich gleich abheben oder komische Sachen sehen würde, die gar nicht da sind, aber es passierte überhaupt nichts. Jedenfalls nichts, was man irgendwie klar hätte spüren können. Eine halbe Stunde und ein paar mutigere Züge später hielt ich mir den Bauch vor Lachen, weil sich neben uns jemand die Zigarette verkehrt herum angesteckt hatte. Und ich konnte nicht mehr aufhören zu lachen, bis das Konzert schon zur Hälfte vorbei war. Seitdem rauche ich mehr oder wenig regelmäßig mal einen. Gekauft habe ich mir aber noch nie was, ich rauche immer nur mit, was bei Phillip zum Glück kein Problem ist.

Was zum Teufel macht der eigentlich so früh hier? Ich habe extra allen ausdrücklich gesagt, es soll keiner vor acht Uhr kommen. Ich muss schließlich auch noch duschen und so weiter. Na ja, egal, wenn er schon mal hier ist, kann er ja gleich die Stühle in den Keller schleppen.

Ich sprinte die Treppe runter und öffne die Haustür.

»Hey-Ho!«, begrüßt mich Phillip und drückt mir eine geöffnete Bierflasche in die Hand. »Von mir aus kann's losgehen! Prost!«

»Du bist zu früh«, sage ich und stoße mit ihm an.

»Zum Trinken ist es nie zu früh«, erwidert er und nimmt einen großen Schluck aus seiner Flasche.

Ich nippe nur leicht an meiner und mache ihm und

dem Bierkasten den Weg frei. Wenn ich jetzt schon richtig zu trinken anfange, erlebe ich zehn Uhr nicht mehr, und das muss ja nicht sein.

»Wohin damit?«, fragt Phillip mit dem Kasten vor dem Bauch.

»Küche«, sage ich und gehe vor.

Phillip wuchtet den Kasten auf den Küchentisch. Ich öffne den Kühlschrank und fange an, die Flaschen darin zu verstauen, während er sich eine Zigarette anzündet.

»Nicht hier, bitte«, sage ich auf seine Kippe zeigend. »Geraucht wird nur unten.«

»Bullshit!«, lacht Phillip. »Du glaubst doch wohl nicht im Ernst, dass sich da nachher noch irgendein Schwein dran hält. Das kannst du vergessen. Gib mir lieber mal 'n Aschenbecher.«

Wo er Recht hat, hat er leider Recht. Ich kann kaum den ganzen Abend hier in der Küche stehen und die Leute zum Rauchen runterschicken, keine Chance. Aber es soll niemand sagen, ich hätte es nicht versucht. Egal. Gelüftet werden muss sowieso für den Rest der Woche.

Ich ziehe einen Stapel Aschenbecher aus dem obersten Fach des Küchenschranks und stelle sie neben Phillip auf dem Tisch ab.

»Kannst die anderen dann mit runternehmen«, sage ich zu ihm.

»Gebongt«, nickt er. »Gibt's sonst noch was zu tun? Nicht, dass ich scharf drauf wäre.«

»Ich will gleich noch schnell duschen. Du könntest in der Zeit die Stühle aus dem Wohnzimmer runtertragen.«

»Das dürfte ich gerade noch so hinkriegen«, grinst er und nimmt wieder einen Schluck Bier. »Sonst noch was?«

Soll ich oder soll ich nicht? Ich habe eigentlich keine Lust, mir den ganzen Abend lang irgendwelche blöden Sprüche anzuhören. Aber vielleicht weiß er ja mehr, und das könnte mir echt ein paar Pluspunkte verschaffen. Na gut, ich versuche es.

»Äh, ja«, sage ich und gucke dabei möglichst beiläufig aus dem Fenster. »Du weißt nicht zufällig, worauf Denise musiktechnisch so abfährt?«

»Denise?« Phillip zieht erstaunt die Augenbrauen hoch. »Welche Denise? Die Heyderich?«

»Genau die«, nicke ich.

»Was willst du denn von *der* Schlampe?«

Mist. Ich hätte doch besser meinen Mund halten sollen. Aber dass er so heftig reagiert, hätte ich nicht erwartet. Ich wusste nicht, dass er etwas gegen Denise hat. Wieso auch? Sie ist echt klasse und meines Wissens nach bei allen äußerst beliebt. Aber vielleicht weiß er ja irgendwas, was ich nicht weiß.

»Ich will überhaupt nichts von ihr!«, sage ich abwehrend. »Ich wollte nur wissen, was für Musik sie gerne hört. Wird ja wohl noch erlaubt sein, so als guter Gastgeber. Und überhaupt: Wieso denn Schlampe? Denise ist doch keine Schlampe, wie kommst du denn darauf?«

»Aha. So als guter Gastgeber. Und wieso fragst du mich dann nicht, was ich gerne höre?«

»Ganz einfach: Weil ich bei dir schon lange weiß, dass du einen beschissenen Musikgeschmack hast.«

»Ach so!«, zwinkert er mir zu. »Und ich dachte schon, es liegt daran, dass ich keine Röcke trage, die so kurz sind, dass man beim kleinsten Windstoß meine Mandeln von unten sehen kann.«

»Ach, komm, jetzt übertreib nicht!« Ich muss lachen. »Sie zieht sich ein bisschen sexy an, zugegeben, aber so schlimm ist es nun auch wieder nicht.«

»Ein bisschen sexy? Ey, hast du gesehen, wie die neulich auf dem Schulfest rumgelaufen ist? Als sie diesen roten Fetzen anhatte?«

Oh ja, natürlich habe ich das gesehen, das sah fantastisch aus, unvergesslich fantastisch, davon träume ich heute noch!

»Ja, und? Sah doch klasse aus, was gab's denn daran auszusetzen?«

»Ey, das war ja wohl kein Ausschnitt mehr, das war ein ganzes Panorama! Da gab es fast nichts, was man nicht sehen konnte! Und wenn du *das* nur ein bisschen sexy nennst, dann ist der Papst ein bisschen katholisch!«

»Okay, meinetwegen, dann zieht sie sich eben manchmal sehr sexy an. Aber das machen doch die meisten. Und das heißt ja wohl noch lange nicht, dass sie deswegen automatisch eine Schlampe ist.«

»Ey, komm, wer sich wie eine Schlampe anzieht, kann so weit nicht davon entfernt sein, eine zu sein.«

»Ach so«, erwidere ich und zeige auf seine völlig versiffte und zerlöcherte Armyhose. »Demnach bist du also ein versoffener Penner und schläfst unter der Brücke?«

»Wenn alles gut läuft, in drei, vier Jahren, ja. Gleich

um die Ecke vom Straßenstrich, wo ich dann jeden Abend die Heyderich um Kippen anschnorren werde.«

»Ja, genau! Jetzt mach mal halblang! Soviel ich weiß, hat sie noch nicht mal ’nen Freund.«

»Logisch hat die keinen Freund. Wer will denn schon mit einer Schlampe zusammen sein? Außer dir, anscheinend.«

Okay, das reicht. Ich werde mir hier nicht weiter die Frau meiner Träume schlecht machen lassen. Außerdem ist das alles kompletter Schwachsinn, was er da redet. Er hat überhaupt nichts in der Hand gegen sie. Denise zieht sich sexy an, na und? Das macht noch niemanden zu einer Schlampe und sie schon gar nicht. Wahrscheinlich ist Phillip nur selbst scharf auf sie. Genau, das wird es sein. Er würde ihr nur allzu gerne mal an die Wäsche, weiß aber genau, dass er keine Chance bei so einer Klassefrau hat, und deswegen stellt er sie jetzt als Schlampe hin. Aber darauf falle ich nicht rein, auf gar keinen Fall, nicht mit mir. Höchste Zeit, dieses Gespräch zu beenden.

»Also, erst mal will ich überhaupt nichts von ihr«, sage ich ernst. »Und zweitens bitte ich dich, meine Gäste nicht als Schlampen zu bezeichnen. Und drittens gehe ich jetzt duschen.«

»Okay, okay!« Phillip hebt abwehrend die Arme hoch. »Schon gut, ich habe ja gar nichts gesagt! Wenn du in die Heyderich verknallt bist, dann ist das ganz allein dein Problem, ich halt mich da gerne raus!«

»Ich bin nicht in sie verknallt!«

»Was immer du sagst.«

»Echt nicht!«

»Geh duschen. Am besten kalt, das hilft immer.«

Ich zeige ihm mit einem Lächeln den Mittelfinger, drehe mich um und gehe die Treppe hoch.

»Hip-Hop!«, höre ich Phillip mir hinterherrufen. »Ich glaube, sie steht auf deutschen Hip-Hop!«

Na also, geht doch. Mehr wollte ich gar nicht wissen. Jetzt noch duschen, dann bin ich perfekt für sie vorbereitet. Das könnte mein Abend werden. Hoffentlich.

Denise

»Da vorne ist es.« Moni zeigt auf ein Einfamilienhaus am Ende der Straße.

Aha. Nicht mal so schlecht die Hütte. Hätte ich diesem Loser gar nicht zugetraut.

»Okay.« Ich strecke Moni meine Handtasche entgegen. »Hältst du mal?«

Ich schlüpfe aus dieser ätzenden Strumpfhose und ziehe die hässliche Bluse aus.

»Vergiss die Kette nicht.«

»Ganz bestimmt nicht.«

Nachdem ich den Verschluss der Kette aufgefummelt habe, nehme ich die Handtasche wieder entgegen und stopfe das ganze Zeug hinein. Ich zupfe mein Oberteil und den Rock zurecht.

Ich schaue Moni fragend an. »Okay so?«

»Kommt drauf an. Willst du auf 'ne Party oder in die Sauna?«

»Ha, ha, sehr witzig«, verdrehe ich genervt die Augen. »Können wir dann?«

Wir gehen durch ein Gartentor auf das Haus zu. Die

Eingangstür ist verglast und ich checke noch mal kurz mein Spiegelbild darin. Aus dem Kellerfenster links von uns ist Musik und Stimmengewirr zu hören. Moni drückt die Klingel. Die Musik geht kurz aus, dann wieder an. Was ist das? Klingt wie *Kool Savas*. Immerhin, gute Musik scheint es schon mal zu geben. Es dauert noch einen Moment, dann wird die Tür geöffnet.

»Hi!«, lächelt uns der Gastgeber an. »Schön, dass ihr da seid. Kommt rein!«

Verdammt, jetzt habe ich schon wieder seinen Namen vergessen. Wie hieß dieser Loser noch mal gleich? Björn? Nein, das war's nicht. Aber irgendwas mit …

»Hi, Benny!« Moni geht einen Schritt auf ihn zu.

Stimmt, Benny, genau, das war's.

»Danke für die Einladung!«

Moni knutscht ihn links und rechts.

Oh, nein, muss das sein? Wieso muss sie bloß immer alles abknutschen, was ihr vor die Lippen kommt? Jetzt bleibt mir natürlich nichts anderes übrig, als diesen Loser auch abzuschlabbern.

»Hi, Benny«, sage ich und hauche links und rechts neben seinen Wangen zwei Küsse in die Luft. Hey, was ist das denn? Der Typ riecht ja verdammt gut, das hätte ich jetzt nicht erwartet.

»Hi, Denise«, lächelt er mich an. »Du siehst toll aus.«

Ja, ich weiß. Aber nicht für dich.

»Danke«, sage ich höflich und gebe ihm die Sektflasche. »Können wir die irgendwo kalt stellen?«

»Klar, kein Problem. Kommt mit.«

Wir folgen ihm in die Küche. Er öffnet den Kühlschrank und legt die Sektflasche ins obere Fach.

»Wollt ihr schon was trinken?«

Moni und ich gucken uns kurz an und nicken.

»Was gibt's denn so?«, will ich wissen.

»Also, bis jetzt kann ich euch Bier, Apfelwein, Wodka, Bacardi und Apfelkorn anbieten. Und warmen Sekt, natürlich.«

»Hast du Kirschsaft?«, fragt Moni.

»Klar.«

»Dann hätte ich gerne einen Wodka-Kirsch.«

»Ja, für mich dann auch«, stimme ich zu. »Mit viel Eis, wenn's geht.«

»Kein Problem!« Benny lächelt und holt zwei Longdrinkgläser aus einem Hängeschrank.

Er greift seitlich in den Kühlschrank und zieht eine Hand voller Eiswürfel hervor, die er auf die Gläser verteilt.

»Cool!«, staunt Moni mit großen Augen. »Ist das so ein Kühlschrank, der selbst Eiswürfel macht?«

Nein, du dumme Nuss. Die sind gerade vom Himmel gefallen.

»Ja. Haben meine Alten erst letzte Woche neu angeschafft. Ist saupraktisch.«

Er kippt gerade mal zwei Finger breit Wodka über die Eiswürfel.

»Kann auch gerne noch etwas mehr sein«, sage ich.

»Für mich nicht«, winkt Moni ab. »Mir reicht das erst mal.«

»Was immer die Damen wünschen.«

Benny kippt mir noch ordentlich Wodka nach und füllt dann die Gläser mit Kirschsaft auf.

»So«, drückt er uns die Drinks in die Hand. »Zweimal Wodka-Kirsch, wie bestellt.«

Moni und ich nippen beide kurz. Ich muss mich beherrschen, nicht mein Gesicht zu verziehen – das Ding ist verflucht stark, ich hätte nicht so übertreiben sollen.

»Perfekt!«, zwinge ich mich zu einem Lächeln.

»Ja, sehr lecker!«, strahlt Moni.

»Du hast nicht zufällig einen Strohhalm für mich?«, frage ich.

Das Zeug muss ich langsam trinken, sonst haut es mich zu schnell um.

»Oh ja, ich auch, bitte!«, sagt Moni.

»Oha«, verzieht Benny nachdenklich das Gesicht. Keine Ahnung, ob wir welche haben. Ich wusste, ich hab was vergessen einzukaufen. Moment.«

Er klappt hektisch etliche Schränke auf und zu und schiebt suchend Sachen darin hin und her.

»Sorry«, schüttelt er bedauernd den Kopf, als er den letzten Schrank durchwühlt hat. »Keine Strohhalme. Aber halt, wartet! Mir fällt da gerade was ein!«

Er zieht sein Handy aus der Hosentasche und drückt ein paar Tasten.

»Bloß keine Umstände!«, sagt Moni. »So wichtig ist das jetzt auch wieder nicht!«

»Nein, nein«, winkt er mit dem Handy am Ohr ab. »Schon okay, kein Prob… Matze? Bist du noch zu

Hause? … Sehr gut! Habt ihr Strohhalme? … Ja, Strohhalme, die zum Trinken, genau … Echt? Perfekt! Kannst du bitte welche mitbringen? … Wie, wie viele? Willst du die Dinger abzählen, oder was? Schnapp dir einfach die ganze Packung! … Ja, ich kaufe dann sofort am Montag neue! … Okay, wann kommst du? … Gut, beeil dich! Bis dann. Tschau!«

Er klappt sein Handy zu und steckt es ein.

»So, das wäre geregelt. Beim nächsten Drink gibt es Strohhalme für die Damen!«

»Das wäre doch jetzt echt nicht nötig gewesen«, säuselt Moni.

»Ach, das war doch nichts«, erwidert Benny. »Nur das Beste für meine Gäste.«

Mann, der schmeißt sich ja ganz schön ran. Ich weiß nur noch nicht genau, an wen. Hoffentlich nicht an mich, das hätte mir gerade noch gefehlt heute. Nichts ist nerviger als Loser abzuwimmeln.

»Wollen wir dann mal runtergehen?«

Benny schnappt sich drei Flaschen Bier aus dem Kühlschrank.

»Klar«, nickt Moni.

»Von mir aus.« Ich zucke gleichgültig mit den Schultern.

Wir folgen Benny die Kellertreppe nach unten. Dort angekommen führt er uns in einen großen Raum mit einer niedrigen Decke. Na, klasse, was ist denn das für ein Loch? Geradeaus an der Wand steht ein popeliges Sofa, daneben die Anlage, aus der immer noch *Kool Savas* dröhnt. Rechts neben dem Sofa steht ein Tisch, von drei Seiten umrahmt von einer Sitzbank, auf der gerade mal vier Gestalten sitzen, alles Jungs, wenn man sie denn als solche bezeichnen kann. Was machen die denn da? Sieht aus, als würden die Karten spielen. Ich hab's geahnt, das wird die große Loser-Hauptversammlung, na spitze.

Als sie mich sehen, schwellen ihre Augen an und ihre Kinnladen klappen nach unten. Tja, damit habt ihr wohl nicht gerechnet, was? Eine echte Klasse-Frau auf eurer Penner-Party, das haut euch um. Träumt weiter, Jungs. Mehr wird euch sowieso nie eine erlauben.

»Hi!«, grüßt Moni in die Runde, ich nicke ihnen nur kurz zu.

»Setzt euch doch«, sagt Benny.

Er schiebt sich auf die Sitzbank und zeigt auf die freien Plätze neben sich. Ich lasse Moni den Vortritt und setze mich neben sie an den Rand.

Ich betrachte mir die Loser etwas genauer, und immer, wenn ich einem von ihnen direkt ins Gesicht schaue, senken sich ihre Köpfe und sie laufen knallrot an. Bis auf den einen, direkt mir gegenüber, der weicht meinen Blicken nicht für einen Moment aus, im Gegenteil, er fixiert mich ernst, beinah schon böse. Was soll das denn jetzt? Ich kenne ihn vom Sehen aus der Schule, hatte aber nie was mit ihm zu tun. Wieso auch? Seine Klamotten allein sind schon eine Katastrophe. Alles total versifft und durchlöchert, von der Farbzusammenstellung mal ganz zu schweigen. Was soll das eigentlich darstellen? Denkt er etwa, das wäre Punk? Der ärmste Straßenpunk ist stylischer angezogen als dieser Penner. Dem würde selbst ein Obdachloser aus Mitleid seine mottenzerfressene Jacke schenken, damit er nicht ganz so abgefuckt aussieht.

Warum glotzt mich dieser Typ bloß so blöd an? Wenn er auf meinen Ausschnitt starren würde, okay, das wäre nachvollziehbar, aber er guckt mir starr und fest und alles andere als freundlich direkt in die Augen. Das macht mich ganz nervös, hör auf damit, du Penner! Da, endlich, er guckt weg, wurde auch Zeit. Er nimmt den Stapel Karten vom Tisch, fängt an zu mischen und wendet sich dann uns zu.

»Wollt ihr mitspielen?«

»Was spielt ihr denn?«, will Moni wissen.

»Wir pokern.«

»Okay«, nickt Moni. »Aber nicht mit Ausziehen!«

Die anderen drei Loser prusten los und laufen im gleichen Moment wieder rot an.

»Nein«, grinst der Penner Moni an. »Nicht mit Ausziehen. Der Verlierer muss nur trinken.«

Er zeigt auf eine Flasche Wodka, die in der Mitte des Tisches steht, daneben ein Schnapsglas.

»Strip-Poker wäre auch viel zu unfair«, sagt er zu Moni und nickt kurz in meine Richtung. »Wenn deine Freundin nur einmal verliert, sitzt sie ja schon nackt da.«

Die Loser kichern, Moni fängt laut an zu lachen.

Ganz ruhig bleiben, Denise, bleib cool. Und bloß nicht rot werden. Alles, nur das nicht. Keine Blöße geben.

»Phillip!«, knurrt Benny und funkelt den Penner ärgerlich an. »Lass den Scheiß!«

»Was denn?«, zuckt der mit den Schultern. »Ich mache mir doch nur Sorgen um die Gesundheit deiner Gäste. Oder willst du, dass den drei Kameraden hier gleich die Köpfe explodieren, wenn sie noch ein Stückchen Haut mehr zu sehen bekommen? Die stehen doch jetzt schon kurz vorm Herzinfarkt, weil sie so was bis jetzt nur heimlich im Spätprogramm auf RTL 2 gesehen haben.«

Die drei Loser werden noch röter und rutschen immer tiefer in die Sitzbank. Und Moni klopft sich vor Lachen auf ihre fetten Schenkel. Na, warte, das kriegst du zurück, du miese Ratte. Aber erst mal muss ich mit diesem Arschloch fertig werden.

»Phillip, es reicht!«, knurrt Benny wieder.

»Nein, wieso, lass ihn doch«, gehe ich locker grinsend zum Angriff über. »Das ist nur die ganz normale Reaktion einer männlichen Jungfrau, die in ihrem Leben immer nur Sex mit Gabi haben wird.«

»Gabi?«, schaut mich dieser Phillip verwirrt an. »Was denn für eine Ga…«

»Oder wie auch immer du deine rechte Hand nennst«, unterbreche ich ihn mit einem triumphierenden Lächeln in die Runde.

Yes, das hat gesessen! Die anderen kugeln sich ausnahmslos vor Lachen und jetzt ist es Phillip, der rot wird, wobei er trotzdem noch selbst grinsen muss.

»Ich bin Linkshänder«, sagt er mit knallroter Birne und fängt an die Karten auszuteilen.

Wir spielen drei Runden, von denen ich zum Glück keine verliere. Wodka pur muss nun wirklich nicht sein.

Einer der Loser mischt gerade für die nächste Runde, als es oben klingelt. Na, endlich! Hoffentlich kommt jetzt mal ein bisschen Leben in die Bude. Ob das schon Nico ist?

»Phillip, kannst du mal eben die Tür aufmachen?«, fragt Benny.

»Ich? Wieso denn ich? Ist das meine Party oder deine?«

»Weil du sowieso am Rand sitzt. Bitte, Phillip.«

»Ja, ja, schon gut, ich geh ja schon!«, stöhnt Phillip und verlässt den Raum.

Kurz darauf sind von oben mehrere Stimmen zu hören, alle weiblich. Mist, kein Nico. Aber ein paar Mädels sind auch schon mal okay, dann müssen die Loser nicht die ganze Zeit mich anstarren. Schritte und Geplapper kommen die Treppe runter, alle Anwesenden schauen gespannt in Richtung Eingang. Phillip erscheint zuerst und hinter ihm vier Mädels. Wenn man sie denn so nennen kann. Das ist die Streber-Truppe aus der C. Gott, was für ein trauriger Anblick. Wer die einlädt, muss echt schon verzweifelt sein. Die sehen alle aus wie dreizehn und von einer Nonne eingekleidet. Was hat die denn da an? Einen Pullunder? Einen gelben Pullunder? Ich fass es nicht. Und was hat die andere da bloß mit ihren Haaren gemacht? Von Mami schneiden und bügeln lassen? Das ist ja wohl die schlechteste Entschuldigung für eine Frisur, die ich je gesehen habe.

Die vier begrüßen den Gastgeber alle höflich per Handschlag, fehlt nur noch, dass sie einen Knicks machen.

Phillip will sich gerade wieder setzen, als es oben erneut klingelt.

»Phillip?«, grinst ihn Benny an.

»Ja, ja, ich mach schon auf«, stöhnt er und verschwindet wieder nach oben.

Bitte, bitte, lass es diesmal Nico sein! Oder zumindest ein paar echte Mädels. Wollten Sandra und Biggi nicht auch kommen? Das wären wenigstens zwei, mit denen man gut lästern könnte.

Phillip kommt zurück, zusammen mit ... Oh, nein, nicht die auch noch! Was macht denn diese blöde EMO-Schnalle hier? Die kann doch überhaupt keiner leiden mit ihren scheißkurzen Haaren und den komischen Klamotten. Da sind mir ja die Streberleichen noch lieber. Die glaubt echt, sie wäre was ganz Besonderes, hängt in der Schule immer allein rum und tut so, als fände sie das auch noch toll. Ich kann mir echt nicht erklären, worauf die sich was einbildet.

»Hi, Benny!«, grüßt sie schleimig.

»Hallo, Lea«, grüßt Benny ganz knapp zurück, ohne sie dabei richtig anzusehen.

Der kann sie wohl auch nicht leiden. Aber warum hat er sie dann eingeladen? Na ja, verstehe eine diese Loser. Wahrscheinlich ist er froh über alles, was nur im Entferntesten weiblich aussieht.

»Setz dich doch«, sagt Phillip zu der EMO-Schnalle.

Aber bloß nicht neben mich! Ich werde nicht für diese Kuh rücken, nicht einen Zentimeter. Da holt man sich ja sonst was.

»Ach, nein, lass mal«, winkt sie ab und setzt sich aufs Sofa.

Na toll, wir sind ihr wohl nicht gut genug. Blöde Zicke.

Ich ziehe Moni an mich heran und flüstere ihr ins Ohr.

»Und du bist dir wirklich sicher, dass dein Bruder noch kommt? Wenn das leutemäßig so weitergeht, werde ich hier nämlich nicht alt.«

»Wieso denn? Ist doch ganz nett hier.«

»Nett? Was ist denn hier bitte schön nett? Hier sind nur Loser und Streberleichen. Und wenn ich Karten spielen will, gehe ich zu meinem Opa. Kannst du die Jungs nicht mal anrufen?«

»Keine Angst, die kommen schon noch. Vor zehn Uhr tauchen die doch eh nie auf. Und ich weiß gar nicht, was du hast. Pokern macht doch Spaß!«

Ich gucke auf meine Uhr. Na, Klasse, erst Viertel vor neun. Ich nehme einen tiefen Schluck von meinem Wodka-Kirsch. Nüchtern überstehe ich das hier bis zehn auf gar keinen Fall.

»Also ich schlage vor, wir beschleunigen das Ganze jetzt mal ein bisschen«, sagt Phillip und nimmt die Karten in die Hand. »Wer die niedrigste Karte hat, muss trinken.«

Beschleunigen, gute Idee, ich bin dabei. Die Karo Sieben dann für mich bitte.

»Macht ihr alle mit?«, fragt er in die Runde.

Allgemeines Kopfnicken, selbst von den Streberleichen. Na, das will ich sehen. Wenn die mit den gebügelten Haaren einen Wodka pur abkippt, hat sie danach mit Sicherheit ’ne Dauerwelle. Die fallen doch schon um, wenn sie nur daran riechen. Das kann lustig werden. Wenigstens etwas.

Lea

Oh, toll, Saufspielchen. Das habe ich noch nie kapiert. Wieso muss man erst irgendwelche albernen Spielchen spielen, wenn es doch sowieso nur darum geht, sich zu betrinken? Das ist doch nichts anderes als eine billige Entschuldigung, dafür, dass sie hinterher zu Hause den Teppich vollkübeln. *Ich konnte nichts dafür, ich habe sooo oft verloren, ich musste immer trinken, die haben mich gezwungen!* Ja, genau. Wenn ich mich betrinken will, dann trinke ich einfach, dazu muss ich nicht erst irgendwelche Karten ziehen. Das ist doch total albern.

Und Benny natürlich mittendrin. Ich wusste, es war ein Fehler auf diese dämliche Party zu gehen. Die Begrüßung hat ja wohl schon alles gesagt. Er hätte mich ja wenigstens mal angucken können, von einem Lächeln ganz zu schweigen. Aber, hey, das soll jetzt kein Vorwurf sein, er konnte ja nichts dafür, schließlich war er abgelenkt vom kurzen Röckchen dieser ätzenden Tussi. Die Heyderich. Eins meiner absoluten Feindbilder. Mir wird echt übel, wenn ich die sehe. Schlechter und billiger geht's wirklich nicht. Denise Heyderich, der feuchte Traum der meisten

Jungs aus der Schule. Möchte nicht wissen, wie viele sich schon einen auf sie runtergeholt haben. Bäh, allein die Vorstellung ist schon eklig. Was hat die hier überhaupt verloren? Das sind doch überhaupt nicht ihre Leute. Ich habe Benny noch nie mit ihr reden sehen. Was macht die dann also auf seiner Party? Kann mir nicht vorstellen, dass er sie eingeladen hat, er ist gar nicht der Typ für solche Tussis. Wahrscheinlich hat sie sich selbst eingeladen, würde ihr ähnlich sehen. So oder so, sie ist leider hier, und das macht den Abend alles andere als besser.

Ich hole meinen Tabak raus und fange an, mir eine zu drehen. Was ist das überhaupt für eine grässliche Mucke, die da läuft? Ist das *Kool Savas*? Hört sich so an. Könnte aber auch jeder andere dieser *Aggro-Berlin*-Idioten sein. Die kapiere ich einfach nicht. Ich meine, was soll das? Alles, was die machen, ist, sich gegenseitig zu dissen. Der eine fängt damit an, dann disst der andere auf seiner nächsten CD zurück und immer so weiter. Und in Wirklichkeit hocken die jeden Abend zusammen, trinken sich einen und lachen sich tot, dass die Leute so dumm sind, diesen Mist zu kaufen. Und natürlich kommen sie alle von der Straße und wohnen in hässlichen Wohnblocks und hatten die schwerste Kindheit überhaupt. Das ist alles so lächerlich und leicht zu durchschauen. Aber die Leute raffen es einfach nicht oder sie wollen es nicht raffen, keine Ahnung.

Ich hätte jedenfalls nicht gedacht, dass Benny auf diesen Müll steht. Hoffentlich läuft das jetzt nicht den ganzen Abend.

Ich zünde meine Zigarette an. Mein Magen antwortet dem ersten Zug mit einem Grummeln. Oh, so langsam krieg ich echt Hunger. Und was zu trinken wäre eigentlich auch nicht schlecht.

Oben klingelt es.

»Phillip?«, grinst Benny Phillip an.

»Oh, Mann, immer ich«, mault der und will gerade aufstehen.

»Lass nur!«, sage ich und erhebe mich vom Sofa. »Ich wollte mir sowieso gerade was zu trinken holen.«

»Cool, danke.« Phillip lächelt mich an.

»Bier ist im Kühlschrank!«, höre ich Benny hinter mir, als ich den Raum verlasse.

»Okay!«, rufe ich zurück.

Immerhin, ich bin anscheinend nicht völlig Luft für ihn. Und er hat sich gemerkt, dass ich gerne Bier trinke. Es besteht also doch noch Hoffnung. Dazu muss ich ihn allerdings irgendwann im Lauf des Abends mal von diesen Tussis weglotsen. Na ja, abwarten, das wird schon. Erst mal was trinken. Und unbedingt was essen! Sonst ist der Abend schon nach den ersten zwei Bier für mich gelaufen.

Oben angekommen öffne ich die Tür. Es ist Matze, Bennys bester Freund, und er hält einen Kasten Bier umklammert.

»Hi!«, begrüßt er mich mit einem etwas skeptischen Lächeln.

Mit mir hat er wohl nicht gerechnet. Ob nur hier oben an der Tür oder insgesamt, weiß ich nicht. Ich bin mir bei ihm nie sicher, was er von mir hält. Er ist mir gegenüber nicht so abweisend wie die meisten anderen, aber so richtig freundlich ist er auch nicht. Ich finde ihn nicht ganz unsympathisch, das war's dann aber auch schon.

»Hi!«, grüße ich zurück und mache ihm Platz.

»Benny unten?«, fragt er, als er in Richtung Küche abbiegt.

»Ja«, antworte ich und schiebe mich an ihm vorbei.

Matze stellt den Kasten auf dem Boden ab, ich nehme mir ein Bier aus dem Kühlschrank.

»Oh ja, mir auch eins, bitte!«, zeigt er auf meine Flasche. »Die sind hoffentlich kalt?«

»Geht so.«

Ich reiche ihm eine Flasche, er öffnet sie mit einem Feuerzeug.

»Kann ich mal kurz?«, frage ich und strecke die Hand nach dem Feuerzeug aus.

»Ja, klar, hier.«

Als ich meine Flasche damit öffne, ernte ich einen anerkennenden Blick. Okay, es gibt nicht viele Frauen, die eine Flasche mit einem Feuerzeug aufmachen können, aber so schwierig ist das jetzt auch wieder nicht.

Matze schaut sich suchend in der Küche um.

»Nichts zu futtern?«, guckt er mich fragend an.

Stimmt, jetzt wo er's sagt, fällt es mir auch auf. Auf der Arbeitsplatte neben der Spüle steht zwar ein Stapel Teller und daneben liegt jede Menge Besteck, aber es fehlen die obligatorischen vollen Schüsseln drum herum.

»Keine Ahnung«, zucke ich mit den Schultern, öffne

den Kühlschrank noch mal und werfe einen Blick hinein. »Nein, hier ist auch nichts.«

»Seltsam«, wundert sich Matze. »Benny hat eigentlich gesagt, es gäbe …«

Die Türklingel unterbricht ihn. Ich stelle meine Flasche ab und will gerade rausgehen, um zu öffnen, aber Matze ist schneller. Auch gut, soll mir recht sein.

»Ah, Matthias«, ertönt die Stimme einer Frau von draußen. »Hilfst du mir bitte mal?«

»Frau Breuninger!«, ruft Matze entzückt. »Sie sind unsere Rettung! Ich dachte schon, wir müssten verhungern! Warten Sie, ich nehme Ihnen das ab!«

Bennys Mutter? Ich dachte, seine Eltern wären weg? Komisch.

»Nur die zwei oberen«, sagt die Stimme. »Das reicht schon, den Rest schaffe ich allein. Danke, Matthias.«

Matze betritt die Küche, in jeder Hand eine mit Alufolie abgedeckte Plastikschüssel. Kurz danach kommt eine ältere Frau mit zwei weiteren Schüsseln herein.

»Ich wollte die Sachen ja eigentlich viel früher bringen«, sagt sie. »Aber dann war es gerade so spannend bei Günther Jauch, und ich habe völlig die Zeit vergessen.«

Nein, das ist nicht Bennys Mutter. Bennys Mutter hat schwarze Haare und ist viel jünger.

»Hallo«, begrüßt sie mich freundlich lächelnd und stellt die Schüsseln auf dem Tisch ab.

»Wir kennen uns noch nicht, oder?«, fragt sie und streckt mir ihre Hand entgegen. »Breuninger. Ich bin Bennys Oma.«

Ah ja, stimmt, Benny hat mir erzählt, dass seine Oma hier direkt gegenüber wohnt.

»Lea«, sage ich und schüttle ihre Hand.

»Tolle Frisur«, lächelt sie. »Ich hatte früher die Haare auch mal kurz, aber so kurz hätte ich mich nie getraut.«

Sehr sympathisch die Frau, gefällt mir.

»Oh, das sieht aber alles sehr lecker aus!«, schwärmt Matze, während er eine Alufolie nach der anderen von den Schüsseln entfernt.

»Ich habe auch extra für dich meinen Nudelsalat gemacht«, zwinkert Oma Breuninger ihm zu.

»Echt? Super! Sie sind die Beste, Frau Breuninger!«

»Kannst du mir bitte einen Gefallen tun?«, wendet sie sich an ihn und zieht einen Schlüssel aus ihrer Rocktasche hervor. »Drüben sind noch Baguettes. Könntest du sie bitte holen? Sie liegen auf dem Küchentisch.«

»Klar, kein Problem, wird sofort erledigt«, sagt Matze, nimmt den Schlüssel entgegen und verschwindet.

Frau Breuninger zieht zwei Schubladen auf und durchwühlt sie.

»In diesem Haushalt findet man aber auch nie, was man braucht«, seufzt sie und sieht mich etwas ratlos an. »Du weißt nicht zufällig, wo hier das Salatbesteck versteckt ist?«

»Nein. Keine Ahnung, tut mir leid.«

»Dann sei doch bitte so gut und schick mir Benny mal eben rauf.«

»Klar, kein Problem.« Ich nicke, nehme meine Bierflasche und gehe zurück in den Keller.

Die Stimmung unten scheint langsam feuchtfröhlich zu werden. Alles grölt, während sich eine der grauen Mäuse mit einer Hand die Nase zuhält und mit der anderen ein Glas Wodka in den Mund kippt. Ich behaupte jetzt schon mal, dass sie das später am Abend noch bereuen wird.

Zwei der Mädels haben bereits die Tanzfläche gestürmt und zucken nicht unbedingt im Takt zur Musik. Mädels, wenn ich nicht tanzen kann, dann lasse ich es doch besser ganz sein, oder? Wobei, zugegeben, sie probieren es wenigstens, im Gegensatz zu den Jungs. Die trauen sich ja erst auf die Tanzfläche, wenn sie sich zwei Flaschen Mut angetrunken haben. Ob Benny wohl tanzt? Das würde ich ja gerne mal sehen. Mal gucken, vielleicht kriege ich ihn ja später dazu. Ich könnte mir vorstellen, dass er ein guter Tänzer ist, weiß auch nicht so genau warum, nur so ein Gefühl.

Verdammt, was wollte ich eigentlich noch mal gleich hier unten? Ich bin doch extra runtergegangen, um … Ach so, ja klar, jetzt weiß ich's wieder! Ich gehe auf Benny zu, der gerade den nächsten Verlierer-Wodka eingießt.

»Benny, deine Oma ist oben«, sage ich. »Du sollst mal bitte hoch kommen.«

»Oh, echt?«, wundert er sich. »Stimmt, die hatte ich ganz vergessen. Kurze Pause, Leute. Aber nicht ohne mich weiterspielen! Bin gleich wieder da!«

Er verlässt den Keller und ich setze mich wieder auf das Sofa.

»Nun gut« grinst Phillip verheißungsvoll und zieht

etwas aus der Knietasche seiner Army-Hose. »Dann wollen wir diese Pause doch ein wenig sinnvoll nutzen.«

Er legt ein Päckchen extralange Papers und etwas in Alufolie Eingewickeltes vor sich auf den Tisch. Klar, das musste ja früher oder später kommen. Hätte mich auch sehr gewundert, wenn er nichts zu rauchen mitgebracht hätte. Phillip atmet das Zeug quasi.

»Wer ist dabei?«, fragt er in die Runde.

»Ich! Ich!«, quiekt die Freundin der Heyderich aufgeregt.

Die Heyderich selbst hebt nur cool den Finger, die grauen Mäuse stecken erst mal tuschelnd ihre Köpfe zusammen und nicken dann zaghaft. Da kann der Rest der Jungs natürlich auch nicht Nein sagen und somit ist die Runde komplett.

»Was ist mit dir?« Phillip schaut mich fragend an.

Jetzt schon? Ich weiß nicht. Eigentlich wollte ich mir das für später aufheben, hab ja selbst genug dabei. Andererseits, bei so vielen Leuten kriegt man sowieso höchstens zwei Züge ab, und das kann ja nicht schaden. Außer, dass ich danach noch mehr Hunger haben werde. Ich kriege immer einen unbändigen Appetit, wenn ich was geraucht habe, und zwar auf Süßkram. Aber wenn ich es richtig gesehen habe, war in einer der Schüsseln von Oma Breuninger da oben so etwas wie Schoko-Pudding, zumindest sah es danach aus. Okay, erst ein bisschen was rauchen, dann der Schoko-Pudding.

Ich nicke Phillip zu.

»Aber nur, wenn du dich zu uns setzt«, sagt er.

Na gut, wenn's unbedingt sein muss. Solange mich das nicht zur Konversation verpflichtet, von mir aus.

Ich erhebe mich langsam und nehme neben Phillip Platz.

»Hat mal jemand zwei Filterkippen?«, fragt er in die Runde.

Die Heyderich stupst ihre Freundin an, die daraufhin zwei *Gauloises* aus ihrer Packung zieht und sie Phillip über den Tisch zuwirft.

»Die Firma dankt.« Vorsichtig beginnt er, die Zigaretten der Länge nach aufzureißen und den Joint zu bauen.

Der süßlich harzige Duft von Schwarzer Afghane breitet sich im Raum aus. Ich liebe diesen Geruch immer wieder aufs Neue, so riechen gute Zeiten für mich.

Der Joint wird ein paarmal senkrecht mit dem unteren Ende auf den Tisch geklopft, damit der Inhalt sich setzt. Phillip zwirbelt das oben überstehende Papier zwischen zwei Fingern zu einer kleinen Zündschnur zusammen und hält mir den fertigen Joint entgegen.

»Willst du anrauchen?«, fragt er.

»Nein«, schüttle ich den Kopf. »Das ist dein Job.«

Als ob ich die Regeln nicht kennen würde. Wer ihn gebaut hat, raucht ihn auch an – das ist ein ungeschriebenes Gesetz.

Phillip zieht dreimal kurz, bis der Tabak richtig glüht und nimmt dann einen tiefen Zug.

»Verdammt gutes Zeug«, sagt er, ohne dabei den Rauch aus seiner Lunge zu lassen, und reicht den Joint an mich weiter.

Sehr gut, dann bin ich an der Reihe, bevor ihn schon die ganzen anderen angesabbert haben. Ich ziehe einmal lang und kräftig. Gute Arbeit, muss ich feststellen. Das Ding ist weder zu fest noch zu locker gedreht. Ich halte die Luft an. Ob das Zeug wirklich gut ist, kann ich jetzt noch nicht beurteilen, es schmeckt jedenfalls astrein.

Die Heydérich streckt mir mit dem Daumen schnipsend ihren Arm entgegen. Was glaubt die blöde Zicke eigentlich, wer sie ist? Paris Fucking Hilton? Als ob ich auf Fingerschnippen reagieren würde.

Ich lasse langsam und genüsslich den Rauch aus meiner Lunge und ziehe noch mal kurz an dem Joint.

»Hey!«, beschwert sich die Heydérich. »Die anderen wollen auch noch was! Jeder nur einen Zug!«

»Oh, ja, natürlich, sorry!«, sage ich gespielt bedauernd und reiche den Joint an Phillip vorbei nach links an einen der Jungs weiter.

Die Heydérich lässt ihren Arm auf den Tisch plumpsen und funkelt mich böse an. Ich grinse extrabreit zurück.

Der Joint macht die Runde, einer der Jungs übergibt gerade an die erste graue Maus. Na, jetzt bin ich aber mal gespannt, ich rechne mit dem ersten peinlichen Hustenanfall. Sie zieht fest und lange daran, setzt den Joint ab und hält mit offenem Mund und einem Lächeln auf den Lippen die Luft an. Wie jetzt? Kein Husten? Noch nicht mal ein Hüsteln? Okay, Mädchen, das war mit Sicherheit nicht dein erster Joint. So kann man sich täuschen.

Die graue Maus übergibt an die nächste, und gerade,

als beide ihre Finger an der Tüte haben, lässt plötzlich eine Stimme den ganzen Tisch erschreckt zusammenzucken und einfrieren.

»Na, habt ihr Spaß?«

Alle Köpfe drehen sich in Richtung Kellertür. Ach du Scheiße! Das ist Oma Breuninger! Was macht die denn hier unten? Und vor allem: Wie lange steht sie schon da? Fuck, das gibt Ärger.

Benny

»Ah, Benny, da bist du ja!«, sagt Oma und drückt mir einen Kuss auf die Wange. »Sag mal, weißt du, wo deine Mutter das Salatbesteck versteckt hat? Ich habe schon alle Schubladen durchwühlt.«

»Im Wohnzimmerschrank«, antworte ich. »Untere Schublade. Warte, ich hol's dir.«

Ich gehe kurz ins Wohnzimmer und kehre mit drei Paar unterschiedlichen, größeren Besteckarten zurück.

»Sind die okay?«, frage ich und reiche sie ihr.

»Ja, die sind genau richtig, danke. Aber warum bewahrt deine Mutter so etwas im Wohnzimmer auf? Das gehört doch eindeutig in die Küche.«

»Keine Ahnung. Kennst doch Mama.«

Ich werfe einen neugierigen Blick auf die ganzen Schüsseln. Allerhöchste Zeit, was zu essen. Ohne ordentliche Grundlage im Magen vertrage ich so gut wie gar nichts. Was hätten wir denn da so alles? Kartoffelsalat, Nudelsalat, schon mal sehr gut. Tomatensalat? Nein danke, nicht für mich. Was ist denn da drin? Eine der Schüsseln ist noch mit Alufolie abgedeckt, ich hebe sie vorsichtig an.

»Oh, geil, Frikadellen!«, rufe ich erfreut, schnappe mir eine und schiebe sie mir komplett in den Mund.

»Sind denn schon viele Gäste da?«, fragt Oma.

»Schon ein paar, ja«, antworte ich. »Werden aber auf jeden Fall noch mehr.«

»Hast du etwas dagegen, wenn ich kurz runtergehe und Guten Abend sage?«

»Nö, wieso? Mach ruhig.«

Oma macht sich auf den Weg nach unten, als es an der Tür klingelt.

Das müsste jetzt eigentlich endlich mal Matze sein. Tatsächlich, er ist es, wurde auch Zeit! Was hat er denn da unterm Arm? Sieht aus wie Baguettes. Wollte er nicht einen Kasten Bier mitbringen? Und hoffentlich hat er die Strohhalme nicht vergessen!

»Hi, Matze. Endlich!«

»Hi!«

»Was soll das denn?«, zeige ich auf die Baguettes. »Ich dachte, du bringst flüssiges Brot mit, kein echtes? Hast du an die Strohhalme gedacht? Bitte sag mir nicht, du hast die Strohhalme …!«

»Kann ich vielleicht erst mal reinkommen?«

Ich trete zur Seite und lasse ihn rein. Er geht an mir vorbei in die Küche.

»Die Strohhalme, Matze!«, folge ich ihm. »Hast du die Strohhalme? Die sind extrem wichtig!«

Matze legt die Baguettes auf dem Tisch ab.

»Hey, ich reiße mir hier extra ein Bein aus, um noch Brot zu besorgen, und das ist jetzt der Dank?«

»Ja, super, danke, vielen Dank für das dämliche Brot. Tolle Sache, Brot kann man echt niemals genug haben. Aber erstens wolltest du eigentlich einen Kasten Bier mitbringen und zweitens: Wo sind die verdammten Strohhalme?«

Matze zeigt neben mir auf den Boden.

»Wenn du nicht aufpasst, beißen sie dich gleich, deine blöden Strohhalme.«

Mein Blick folgt seinem Finger. Huch, da steht ja ein Kasten Bier! Der war doch eben noch nicht hier, oder? Oh, und da sind ja auch die Strohhalme, sie liegen obendrauf!

»Was … Wie …«, wundere ich mich. »Ich habe dich doch eben erst reingelassen. Wo kommt denn das Zeug jetzt plötzlich her?«

»Tja, gewusst wie. Hab ich eigentlich schon erwähnt, dass ich nächstes Schuljahr nach Hogwarts wechsle?«

»Ja, genau! Matze Potter und der Kasten des Schreckens. Du warst schon mal hier, oder?«

»Lea hat mich reingelassen«, nickt er.

»Und dann bist du noch mal schnell zum Bäcker oder wo kommt das Brot jetzt her?«

»Deine Oma. Ich war kurz drüben. Wo ist sie überhaupt?«

»Unten, Guten Abend sagen«, antworte ich, schnappe mir die Packung Strohhalme und reiße sie auf.

»Scheiße, sind die hässlich«, stelle ich fest, als ich einen herausziehe. »Die kann man ja noch nicht mal biegen. Habt ihr die selbst gepflückt, oder was?«

»Oh, ich bitte vielmals um Entschuldigung! Haben die anderen Kinder etwa alle viel tollere Strohhalme mitgebracht? Ich konnte ja nicht ahnen, dass du mit diesen Dingern einen Schönheitswettbewerb gewinnen willst!«

»Na ja«, brumme ich. »Wenigstens erfüllen sie ihren Zweck.«

»Kannst du mir vielleicht langsam mal erklären, was das überhaupt soll?«, fragt Matze genervt. »Ich meine, wir reden hier die ganze Zeit über Strohhalme! Strohhalme, Benny! Dünne Röhrchen aus Plastik, die man eigentlich nur wirklich zum Trinken braucht, wenn man keine Arme mehr hat! Was zum Teufel ist so verdammt wichtig an diesen Scheißdingern? Hast du plötzlich verlernt, wie man aus der Flasche trinkt, oder was?«

»Quatsch, Blödsinn! Die sind doch nicht für mich!«

»Sondern?«

Matze sieht mich abwartend an.

»*Sie* ist hier«, sage ich und kann mir ein Grinsen nicht verkneifen.

»*Sie*? Wer *Sie*? Welche *Sie* meinst du?«

»Das weißt du ganz genau.«

Und zwar seit über zwei Wochen. Da habe ich es ihm nämlich erzählt. Irgendjemandem musste ich es erzählen, ich konnte es nicht länger für mich behalten. Ich brauchte jemanden, mit dem ich reden und den ich um Rat fragen konnte, und natürlich fiel meine erste Wahl dabei auf Matze, schließlich ist er schon seit der Grundschule mein bester Freund. Zumindest, wenn er nicht gerade versucht mich aufzuziehen, so wie jetzt.

»Ach so, diese *Sie*. Sie ist also tatsächlich gekommen? Sehr cool, freut mich für dich! Wo ist sie, unten?«

Ich nicke. »Und sie sieht mal wieder Hammer aus. Sie hat mich sogar zur Begrüßung geküsst! Verdammt gutes Zeichen, oder?«

»Wie geküsst? Auf den Mund?«

»Nein, natürlich nicht, nur so links und rechts.«

»Ach so«, winkt Matze ab. »Das machen doch fast alle mittlerweile, das solltest du jetzt also echt nicht überbewerten.«

»Nein, nein, mach ich auch nicht! Keine Sorge!«

Nur ein bisschen, vielleicht. Schließlich hat sie mich zum ersten Mal so begrüßt und ich wäre fast dabei gestorben. So nah war ich ihr noch nie. Ich habe ganz weiche Knie gekriegt. Ein schlechtes Zeichen war das jedenfalls nicht, so viel steht fest!

»Und was soll das jetzt mit den Strohhalmen?«, fragt Matze. »Das hab ich immer noch nicht kapiert. Willst du ihr als Zeichen deiner Liebe ein Herz daraus flechten, oder was?«

»Ja, genau!«, verdrehe ich die Augen. »Für wie bescheuert hältst du mich eigentlich? Ich bin zwar verliebt, aber nicht geisteskrank.«

»Na, da wäre ich mir aber nicht so sicher. Diese beiden Zustände sind sich doch sehr ähnlich.«

»Stimmt auch wieder. Aber in diesem Fall ist es einfach nur so, dass Denise Wodka-Kirsch trinkt und mich nach einem Strohhalm gefragt hat. Und als guter Gastgeber wollte ich ihr diesen Wunsch natürlich erfüllen.«

»Natürlich. Ganz selbstlos und ohne jeden Hintergedanken.«

»Du sagst es.«

»Und wenn ich dich nach einem Strohhalm gefragt hätte?«

»Hättest du einen Arschtritt als Antwort gekriegt.«

»Und zwar völlig zu Recht!«

Wir lachen beide ausgiebig, bis uns plötzlich die Stimme meiner Oma unterbricht.

»Benny!«, ruft sie und kommt die Kellertreppe heraufgestapft.

Komisch, das klingt so ernst. Was hat sie denn? Hab ich irgendwas falsch gemacht? Nicht, dass ich wüsste.

»Benny!«, ruft sie erneut.

Ich gucke Matze fragend an, er zuckt bloß mit den Schultern.

»Ja, was ist denn?«, gehe ich ihr in den Flur entgegen. »Stimmt was nicht?«

»Und ob was nicht stimmt, junger Mann!«

Oben angekommen schnappt sie sich meinen Arm und zieht mich ein Stück zur Seite.

»Ich finde das wirklich ungeheuerlich!«, senkt sie ihre Stimme ein bisschen. »Das geht so nicht, Benny!«

»Wieso, was denn?« Ich kapiere gerade gar nichts. »Was ist denn los?«

»Ich weiß ja, dass du selbst nicht rauchst. Und das ist auch gut so. Aber dass sich deswegen deine Gäste dort unten zu mehreren eine Zigarette teilen müssen, das ist wirklich nicht in Ordnung!«

Hä? Was meint sie damit? Wer teilt sich eine Zigarette? Kapier ich nicht.

»Was ... Wovon redest du?«, frage ich verwirrt. »Ich weiß nicht, was du meinst.«

»Na, da unten sitzen alle am Tisch und reichen eine einzelne Zigarette im Kreis herum. Das ist doch nun wirklich nicht nötig, Benny!«

Wie bitte, was machen die? Eine Zigarette im Kreis ... Ach du Scheiße! Die kiffen! Ich fass es nicht! Jetzt schon? Ohne mich? Ich glaub, die spinnen!

Und Oma denkt doch tatsächlich, die teilen sich eine stinknormale Zigarette! Wie geil ist das denn? Ich muss mich tierisch zusammenreißen, um nicht laut loszulachen.

»Hier!«, sagt sie und zieht ihr Portmonee aus der Rocktasche. »Du gehst jetzt sofort zum Zigarettenautomaten und holst deinen Gästen ein Päckchen!«

Sie drückt mir vier Euro in die Hand.

Das ist jetzt nicht ihr Ernst, oder? Ich breche gleich zusammen.

»Und davon darf dann jeder rauchen, so viel er will, ist das klar?«

»Ja, ist klar, Oma.«

»Na los! Worauf wartest du noch? Hopp-Hopp, zum Automaten!«

»Ja, mach ich gleich, Oma, versprochen. Aber lass uns doch erst mal die Küche fertig machen, damit du wieder rüberkannst.«

»Stimmt«, sagt sie. »Deine Gäste sind bestimmt schon fast am Verhungern.«

Wir gehen zurück in die Küche, wo Matze gerade dabei ist, die Baguettes zu schneiden.

Omas Blick fällt auf die Küchenuhr.

»Oh, schon so spät! Gleich fängt ja mein Film an! Tut mir leid, Jungs, aber das schafft ihr doch auch alleine, oder? Ist ja eigentlich nichts mehr zu machen. Kleine Teller und Löffel für den Nachtisch noch, Benny. Und vergiss die Zigaretten nicht!«

»Nein, nein, hol ich gleich, versprochen, Oma! Und wir schaffen das hier wirklich locker alleine, echt überhaupt kein Problem! Geh du nur, sonst verpasst du noch den Anfang!«

»Gut«, sagt sie. »Dann wünsche ich euch noch eine schöne Party. Ich komme dann morgen Nachmittag rüber und helfe dir beim Aufräumen, Benny.«

»Ja, super, Oma«, drücke ich sie kurz zum Abschied. »Dir auch noch einen schönen Abend. Und vielen Dank für alles!«

»Mach ich doch gern! Auf Wiedersehen, Matthias!«

»Tschüss, Frau Breu... Halt, Stopp! Ihr Schlüssel!«

Matze zieht einen Schlüssel aus der Jeans und reicht ihn ihr.

»Oh, den hätte ich jetzt doch glatt vergessen.« Sie schüttelt den Kopf und nimmt den Schlüssel an sich. »Danke, Matthias.«

»Nichts zu danken. Tschüss, Frau Breuninger!«

Ich begleite Oma noch nach draußen und schaue ihr nach, bis sie über die Straße und vor ihrem Haus ist. Als ich die Tür schließe, breche ich sofort in einen heftigen

Lachanfall aus. Ich stolpere mir den Bauch haltend zurück in die Küche.

»Was?« Matze schaut mich fragend an. »Was denn? Erzähl schon, ich will mitlachen!«

Ich versuche nach Luft zu schnappen, aber das Lachen ist stärker.

»Jetzt komm schon!«, quengelt Matze. »Lass dich nicht so drängen! Was ist denn passiert?«

»Das ist …«, presse ich zwischen zwei Glucksern hervor. »Das glaubst du nie! Das ist einfach zu geil!«

Denise

»Und dann saß ich da so auf der Wiese im Gras«, kichert Phillip. »Und dann ist mir ... Das ist einfach zu krass! ... Dann ist mir mein Gras ins Gras gefallen!«

Er fängt an hysterisch zu lachen und mit der flachen Hand immer wieder auf den Tisch zu knallen.

»Gras ins Gras gefallen!«, japst er. »Habt ihr das kapiert? Das ist doch der Hammer, oder?«

Er kriegt sich nicht mehr ein vor Lachen. Die anderen am Tisch grinsen.

»Und dann«, lacht er weiter. »Dann musste ich mein Gras im Gras suchen und habe mir einen gebaut und Gras mit Gras geraucht!«

Ja, wir haben's ja jetzt kapiert, du Hohlroller. Und auch wenn ich selbst gerade geraucht habe, so witzig ist es wirklich nicht.

Dieser Vollidiot hört einfach überhaupt nicht mehr auf zu lachen, sein Kopf ist knallrot und er kriegt kaum noch Luft.

»Darf man mitlachen?«

Benny ist wieder da, und er hat seinen Kumpel mitgebracht, Matze, oder wie der heißt. Sie gucken beide neugierig in die Runde.

»Was ist denn so witzig?«, fragt Benny in meine Richtung.

»Nichts«, antworte ich. »Lachflash.«

»Ach so«, grinst Benny. »Apropos: Krieg ich vielleicht auch mal was zu rauchen?«

»Klar!«, lacht Phillip hysterisch. »Aber ich habe kein Gras mehr! Das ist mir nämlich ins Gras gefallen!«

»Oh, Mann!«, stöhne ich genervt. »Ist ja gut jetzt! Halt endlich die Klappe mit deinem dämlichen Gras und bau noch einen!«

»Okay, okay!«, versucht er sich zusammenzureißen und packt sein Zeug wieder aus. »Bloß keine Hektik, mach ja schon.«

»Sehr gut! Bin gleich wieder da!«, strahlt Benny.

Er verschwindet kurz nach draußen, kommt aber sofort zurück, in der Hand zwei volle Gläser Wodka-Kirsch.

»Ich dachte, ein bisschen Nachschub kann nicht schaden«, lächelt er mich an und stellt die Gläser auf den Tisch. »Und mittlerweile haben wir das Angebot auch noch um den gewünschten Strohhalm erweitert.«

»Oh, vielen Dank!«, flötet Moni, die ihr erstes Glas noch nicht mal halb leer getrunken hat.

»Ja, cool, danke«, sage ich und kippe den kleinen Rest meines ersten auf ex ab.

Benny schiebt sich neben mich.

Ich ziehe einmal kräftig am Strohhalm meines neuen

Drinks. Oha, da hat's aber jemand mächtig gut gemeint mit dem Wodka.

»Zu stark?«, schaut mich Benny besorgt an.

»Nein, nein!«, winke ich ab. »Genau richtig!«

Noch einen davon und ich kippe mit Sicherheit vom Hocker.

»Ach, so, ja, hätte ich fast vergessen!«, richtet sich Benny an alle. »Das Büfett ist eröffnet! In der Küche gibt's jede Menge Futter, bedient euch einfach.«

Essen? Sollte ich eigentlich auch noch was. Aber ich habe irgendwie null Appetit. Außerdem hat Alkohol schon mehr als genug Kalorien, das reicht locker für zwei Mahlzeiten.

»Gute Idee!«, sagt die EMO-Schnalle und steht auf. »Ich bin schon fast am Verhungern!«

»Und was ist hiermit?«, fragt Phillip und zeigt auf den Joint, den er gerade baut.

»Nein, danke«, erwidert sie. »Diese Runde setze ich aus.«

Ja, mach nur, stopf dich voll. Als ob ihr Arsch noch nicht fett genug wäre.

»Ich glaube, ich muss auch erst mal was essen«, sagt Moni und geht ebenfalls hoch.

Genau, und die hat ein paar Kilo zusätzlich auch gerade noch nötig.

»Und du? Keinen Hunger?«, fragt mich Benny.

»Nein«, schüttle ich den Kopf. »Später vielleicht.«

»Ich kann dir auch was holen, wenn du willst …«

»Nein, nein, vielen Dank«, winke ich höflich lächelnd

ab und nehme meinen Wodka-Kirsch in die Hand. »Ich halte mich erst mal an flüssige Nahrung.«

»Gute Entscheidung«, zwinkert er mir zu und stößt mit seiner Bierflasche an mein Glas. »Prost!«

»Ja, prost.«

Moni hat Recht, Benny ist schon ganz nett. Loser-nett, eben. Und er riecht immer noch verdammt gut, stelle ich fest. Was ist das bloß? Ich glaube, ich muss nachher mal das Bad genauer inspizieren, das kriege ich schon noch raus.

Phillip ist mit dem nächsten Joint fertig und zündet ihn an.

»Wer will noch mal, wer hat noch nicht?«, fragt er in die Runde.

»Ich!«, ruft Benny und lässt sich die Tüte reichen.

Er zieht genussvoll daran und reicht sie an mich weiter. Ich nehme auch einen Zug und versuche, den Rauch so lange wie möglich in der Lunge zu behalten.

Als der Joint die zweite Runde macht, klingelt es oben mal wieder. Ob das wohl endlich Nico ist? Ich schaue auf die Uhr. Mist, erst halb zehn. Aber vielleicht kommen die Jungs ja ausnahmsweise mal etwas früher – hoffentlich.

Ich höre Schritte auf der Treppe, dann ertönt eine laute, tiefe Stimme.

»Drogenfahndung! Das Haus ist umstellt!«

»Oh, nein!«, stöhnt Benny leise auf. »Nicht der!«

Ich glaube, ich weiß, wen er meint, die Stimme kam mir auch bekannt vor, und wenig später bestätigt sich meine Vermutung.

Mit einem dümmlichen Grinsen im Gesicht und einer Flasche Whisky in der Hand betritt er den Raum: Ronnie, Ronnie Elzenheimer, der größte und widerlichste Schluckspecht der Schule. Der Typ, der seinen Führerschein frühestens mit zwanzig machen darf, weil er mit 2,5 Promille auf seinem Mountainbike versucht hat, während des Fahrens einen Kasten Bier von einem Getränkelaster zu klauen. Er ist dabei samt Kasten auf die Straße geknallt, das Auto hinter ihm hat eine Vollbremsung hingelegt und die beiden Autos dahinter sind ineinandergekracht – insgesamt ein Schaden von über zehntausend Euro. Und als die Polizei kam, saß er mit einer blutenden Platzwunde am Kopf auf dem leeren Kasten und trank die einzige Flasche, die nicht kaputtgegangen war. Dieser Typ ist echt total fertig.

»Hey-Ho!«, grüßt er schwankend in die Runde und nimmt einen tiefen Schluck aus der Whisky-Flasche. »Alles klar an der Bar?«

Benny verzieht ärgerlich das Gesicht und beugt sich an mein Ohr.

»Der ist gar nicht eingeladen!«, zischt er mir zu.

»Dann schmeiß ihn doch gleich wieder raus«, flüstere ich zurück.

»Leichter gesagt als getan. Hast du schon mal versucht den loszuwerden? Der beißt sich an jeder Party fest wie ein Pitbull.«

Na, das wollen wir doch mal sehen.

»Hey, Ronnie!«, sage ich laut. »Du bist nicht eingeladen, verpiss dich!«

Er dreht sich mit der Flasche am Hals zu mir und setzt sie schmatzend ab.

»Ey, erstens bin ich nie eingeladen. Und zweitens: mir doch egal.«

Na super, was soll man denn darauf noch antworten? Na ja, ist ja nicht meine Party, und wenn Benny nichts unternimmt, sein Problem.

Ronnie schwankt auf Phillip zu.

»Hey, ist das etwa ein Joint, an dem du da nuckelst?«, fragt er. »Gib mal rüber, das Teil!«

Phillip reicht ihm die Tüte, er saugt einmal kräftig daran und fängt an zu husten, wobei er sich den Joint immer noch vor den Mund hält. Okay, das war's dann, für mich bitte keinen Zug mehr. Bäh, ist der eklig!

»Stück ma 'n Rück«, sagt er und schiebt sich neben Phillip.

Alle am Tisch sind merklich ruhiger geworden und gucken wahllos im Raum herum. Zwei der grauen Mäuse stehen auf und gesellen sich zu den anderen auf die Tanzfläche. Ronnie saugt genüsslich an dem Joint und denkt noch nicht mal daran, ihn wieder weiterzugeben.

»Was'n das für 'ne miese Stimmung hier?«, fragt er in die Runde.

»Bis eben war sie noch bestens.« Ich schaue ihn gequält an.

»Wieso? Hattest du da noch weniger an?«

Er lacht dreckig und es dauert keine Sekunde, bis Phillip auch anfängt loszugrölen. Die beiden geben sich einen Clap.

Ja, Klasse, superwitzig, ihr Dumpfbacken.

»Hey!«, blafft Benny Ronnie an. »Wenn du hier meine Gäste beleidigst, fliegst du echt raus!«

Phillip kriegt sich kaum noch ein vor Lachen und hämmert mit der flachen Hand auf den Tisch.

»Und du gleich mit!«, faucht Benny ihn an.

Aber hallo, der Loser scheint tatsächlich so was wie Rückgrat zu haben. Damit hätte ich jetzt nicht gerechnet. Ein weiterer kleiner Pluspunkt für ihn. Wobei ich mich natürlich selbst verteidigen kann, vor allem gegen solche Vollidioten.

»Ach, lass nur«, winke ich lässig ab. »Ich kenne das von meinem kleinen Bruder, der ist zehn.«

»Und deswegen klaust du ihm gleich seine Klamotten?«, kontert Phillip und grölt wieder los.

»Immer noch besser, als sich auf der Müllkippe einzukleiden«, halte ich dagegen.

Jetzt lacht Benny los, sehr gut. Na, kommt da noch was? Sieht nicht so aus.

Die zwei Idioten kichern noch ein bisschen und widmen sich dann ihrem Joint.

Oben klingelt es mal wieder. Hoffentlich ist das jetzt endlich Nico. Jemand öffnet, Stimmengewirr, aber niemand kommt runter.

Ich höre Moni aufgeregt quieken. Ja, das müssen Nico und Tommy sein!

Ich stehe auf.

»Ich geh mal kurz hoch«, sage ich zu Benny. »Hab jetzt doch ein bisschen Hunger.«

»Warte!«, sagt er und steht ebenfalls auf. »Gute Idee! Ich komme mit!«

Oje, ich habe es geahnt, ich war zu nett zu dem Loser. Gut, er hat überraschenderweise ein paar Pluspunkte gesammelt, aber ein Loser bleibt er immer noch. Na ja, egal, mit dem werde ich schon fertig. Solange er mir nicht im Weg rumsteht, wenn ich Nico in Angriff nehme, kann er machen, was er will. Ist ja schließlich seine Party.

Lea

Mmh, dieser Schokopudding ist echt verdammt lecker! Ob ich es wagen soll, mir noch was davon zu genehmigen? Ich habe ja fast schon ein Drittel der Schüssel verputzt, das wäre ja schon fast unverschämt, oder? Ach, was soll's, ein kleines bisschen noch, dann ist wirklich Schluss.

Ich schiebe mir gerade einen großen Löffel voll in den Mund, als es an der Tür klingelt.

»Ich geh schon!«, trällert die Freundin der Heyderich.

Wie bitte? Seit wann hat die denn hier bitte schön die Tür aufzumachen? Erstens ist das nicht ihre Party und zweitens hat sie mit Benny überhaupt nichts zu tun. Ich meine, die war noch nie hier, oder so. Wenn Matze die Tür aufmacht oder Phillip meinetwegen, okay. Oder ich natürlich. Aber die? Die hat doch höchstens mal ein, zwei Sätze mit Benny in der Schule gewechselt, mit welchem Recht hat die also hier die Tür zu öffnen? Und aus welchem verdammten Grund rege ich mich überhaupt so darüber auf? Manchmal habe ich sie echt nicht mehr alle. Was geht mich das eigentlich an, wer hier die Tür aufmacht? Kann mir doch echt völlig egal sein. Sollte es jedenfalls. Ist es aber nicht.

Draußen im Eingang ertönen laute, spitze Schreie. Klingt eindeutig nach Tussi-Begrüßung. Na Klasse, noch mehr davon. Die Heyderich und ihre blöde Türöffner-Freundin waren eigentlich schon mehr als genug.

Vielleicht will diese Kuh sich ja bei Benny einschleimen. Vielleicht will sie ja was von ihm, und genau darum regt es mich so auf. Andererseits, wenn sie was von Benny will und er etwas mit ihr anfangen würde, was will ich dann überhaupt von ihm? Ich kann doch nicht ernsthaft in jemanden verliebt sein, der auf solche Tussis steht, das passt doch nicht. Einer, der auf Tussis steht, kann nicht gleichzeitig auf mich stehen, so viel ist klar. Mann, das ist aber auch kompliziert, mir dreht sich schon alles, und das kommt nicht von dem Joint vorhin.

Also, die alles entscheidende Frage ist: Steht Benny auf Tussis?

Den Eindruck habe ich eigentlich nicht, sonst hätte ich mich auch nicht in ihn verliebt. Benny ist kein Tussi-Typ, das wüsste ich, das passt überhaupt nicht zu ihm. Aber was machen dann die Tussis auf seiner Party? Vielleicht hat er sie ja für jemand anderen eingeladen? Vielleicht steht irgendeiner seiner Freunde ja auf eine von denen. Ja, das könnte doch sein! Matze, vielleicht? Der ist schon eher der Typ dafür. Oder irgendeiner der anderen Jungs, egal, das würde jedenfalls das hohe Tussi-Aufkommen hier erklären.

Die Freundin der Heyderich kommt zurück in die

Küche, im Schlepptau zwei weitere Tussis. Na super, wen hätten wir denn da? Sandra – von der örtlichen Handball-A-Jugend, hinter ihrem Rücken auch liebevoll *Wanderpokal* genannt – und diese Biggi-Bitch. Die sind auch noch in meiner Klasse. Die haben mir gerade noch gefehlt, mit denen hab ich eh ständig Zoff.

»Essen steht da«, erklärt die Freundin der Heyderich den beiden und geht an den Kühlschrank. »Was wollt ihr trinken? Ich trinke Wodka-Kirsch, ist superlecker.«

»Wodka ist okay«, sagt Sandra.

»Ja, für mich auch«, nickt Biggi und mustert mich kurz abwertend.

Die kommt sich echt wer weiß wie toll vor. Als ob sie irgendwie was Besseres wäre. Wenn man der mal gründlich die ganze Farbe vom Gesicht waschen würde, hätte sie keins mehr. Die sieht so was von unnatürlich aus, dass es echt schon eklig ist.

Es klingelt wieder an der Tür und ich nutze schnell die Gelegenheit, aus dieser Tussi-Küche zu verschwinden.

Draußen im Flur sehe ich die Heyderich die Treppe raufkommen. Okay, damit wird die Küche auf jeden Fall erst mal zum Sperrgebiet für mich. Oh, Benny kommt auch hoch! Sehr gut, vielleicht kann ich ihn mir ja gleich mal schnappen, um einen mit ihm zu rauchen.

Ich öffne die Tür und lasse fünf Leute rein, die ich noch nie im Leben gesehen habe. Sie begrüßen mich freundlich und ich lotse sie runter in den Keller.

Mist, jetzt muss ich ja doch wieder in die Küche, wegen Benny. Ich lehne mich unbeteiligt an den Türrahmen und beobachte die Tussi-Begrüßungs-Knutschorgie mit der Heyderich. Benny steht daneben und wirkt etwas deplatziert. Er holt sich ein Bier aus dem Kühlschrank und stellt sich wieder neben die Tussis, aber die sind nur mit sich selbst beschäftigt und beachten ihn null. Verdammt, was will er denn bei denen? Hallo, hier bin ich! Ich beachte dich! Ich würde sogar mit dir reden, sehr gerne sogar!

Nichts, er steht einfach nur stumm da. Doch, jetzt guckt er in meine Richtung! Ich lächle ihn an, er lächelt ein bisschen zurück. Jetzt komm schon her, du Idiot! Ich winke ihn mit dem Zeigefinger zu mir heran, er setzt sich langsam in Bewegung.

»Na, zufrieden mit deiner Party?«, frage ich, als er vor mir steht.

»So weit, klar.« Er zuckt mit den Schultern. »Langsam füllt es sich ja. Nur auf den Elzenheimer hätte ich gut verzichten können. Hoffentlich baut der keinen Scheiß.«

»Ich kann gerne mit ein Auge drauf werfen.«

»Ja, das wäre Klasse.«

»Kein Problem.«

Benny trinkt einen Schluck und schaut wieder in die Tussi-Runde.

»Kommen da noch mehr von?«, versuche ich seine Aufmerksamkeit wieder auf mich zu lenken.

»Wie? Wovon? Was meinst du?« Er schaut mich verwirrt an.

»Die Tussi-Brigade. War's das, oder werden das noch mehr?«

»Wieso? Hast du was gegen die?«

Hallo? Was soll denn *die* Frage jetzt? So gut müsste er mich eigentlich schon kennen. Was heißt kennen? Da braucht man sich nur mal die und dann mich anzugucken, und man weiß sofort, dass wir natürliche Feinde sind. Ob ich was gegen die habe? Nichts Wirksames, leider. Aber okay, bleiben wir ein bisschen diplomatisch, sind ja schließlich seine Gäste.

»Nicht mehr als die gegen mich«, sage ich.

»Ach, Quatsch, das bildest du dir nur ein. Die sind echt okay.«

»Okay? Benny, wenn Blicke Klamotten verbrennen könnten, würde ich nackt hier stehen.«

»Damit könnte ich leben«, grinst er mich an.

Hey, was war das denn? Ein Kompliment? Eine Anmache vielleicht sogar? Verdammt, ich glaube, ich werde rot.

»Apropos.« Er zieht mich am Ärmel aus dem Türrahmen und um die Ecke.

Seine Stimme senkt sich.

»Du bist doch ein Mädchen …«

Und weg ist es, das Kompliment. Was soll das denn jetzt bitte schön? Erst würde er mich gerne nackt sehen und dann zweifelt er an meinem Geschlecht? Das muss ich jetzt nicht kapieren, oder?

»Äh, ja. Sonst hätten mich meine Eltern wahrscheinlich Leander genannt.«

»Ja, nein, schon klar, so meinte ich das natürlich nicht.«

Na dann ist's ja gut, das ist beruhigend. Verliebt hin

oder her, ich hätte keine Lust, mit jemandem zusammen zu sein, der nicht genau weiß, was er da gerade küsst.

»Ich meinte nur, du bist doch ein Mädchen, also kennst du dich auch bestimmt mit Mädchen aus, oder?«

Na ja, so weit würde ich nun nicht gehen. Ich kenne mich so einigermaßen mit mir aus, die meisten anderen Mädchen sind auch mir ein Rätsel. Vor allem, wenn es sich um Tussis handelt, die werde und will ich erst gar nicht verstehen. Aber das muss ich ihm ja jetzt nicht unbedingt unter die Nase reiben, dazu bin ich viel zu gespannt, worauf er eigentlich hinaus will.

»Ja, schon. Warum?«

»Sehr gut, okay.« Er nippt kurz an seinem Bier. »Also, dann hast du ja vielleicht einen Tipp. Wie stellt man es am besten an, einem Mädchen beizubringen, dass man, na ja, an ihr interessiert ist?«

Oh, Shit, verdammt! Das war's dann wohl. Und ich Idiot hatte Angst, dass diese Türöffnerin eventuell was von ihm wollen könnte. Also damit hätte ich jetzt echt als Allerletztes gerechnet. Das tut weh, das tut sogar richtig weh.

»Du bist in eine der Tussis da drinnen verknallt?«, frage ich fassungslos und zeige in Richtung Küche.

»Was? Nein!«, hebt er abwehrend die Hände. »Nein, doch nicht ich! Ich doch nicht! Ein Freund von mir! Es geht um einen Freund!«

Uff! Noch mal Glück gehabt. Habe ich ihn also doch richtig eingeschätzt. Er ist nicht der Tussi-Typ, Gott sei Dank!

»Ach so, ein Freund«, sage ich und versuche meine Erleichterung nicht raushängen zu lassen. »Matze?«

»Äh ... Ja, genau. Aber sag ihm bloß nicht, dass ich es dir gesagt habe! Das muss absolut unter uns bleiben, okay?«

Ha! Wusste ich's doch! Matze ist schon eher der Tussi-Typ.

»Klar, kein Problem. Welche ist es denn?«

»Ich hab dir schon viel zu viel verraten. Ist doch auch egal, geht ja um Mädchen allgemein.«

Vielleicht ist es ja die Freundin der Heyderich? Nein, dann wäre er bestimmt hier oben. Es muss eine der anderen beiden sein, Sandra oder Biggi, die sind gerade erst gekommen, und er weiß es noch nicht und Benny hat sie jetzt gesehen und darum die Frage.

»Also«, drängt Benny. »Hast du irgendeinen Tipp für ihn? Er ist da echt total planlos. Und schüchtern! Er ist extrem schüchtern!«

Echt? Matze, schüchtern? Den Eindruck hatte ich jetzt eigentlich nicht. Aber okay, das täuscht vielleicht.

»Hm, schwierig«, sage ich nachdenklich.

Was rät man jemandem, der einer Tussi seine Liebe gestehen will? Können Tussis überhaupt etwas mit Liebe anfangen? Wissen Tussis überhaupt, was Liebe ist? Kann man wirklich ernsthaft in eine Tussi verliebt sein? Nein, dieser Gedankengang ist sicher nicht sehr hilfreich.

»Wie ist das denn bei dir zum Beispiel?«, fragt Benny.
»Wie müsste so was im optimalen Fall bei dir ablaufen?«

Hm, komisch, genau das frage ich mich seit Tagen bei

ihm. Über den umgekehrten Fall habe ich noch gar nicht nachgedacht. Wie war das bei meinen Ex-Freunden? Haben die irgendwas Besonderes gemacht, um bei mir zu landen? Eigentlich nicht. Das hat sich einfach so entwickelt. Aber das ist wohl kaum das, was Benny jetzt hören will.

»Na ja, es darf auf gar keinen Fall irgendein dämlicher Anmachspruch sein, die sind total ätzend.«

So wie zum Beispiel: *Tolle Beine! Wann haben die denn geöffnet?* Das hat echt mal einer zu mir gesagt. Ich habe seine daraufhin sehr schnell mit einem gezielten Tritt genau dazwischen geschlossen. Solche Sprüche sind einfach nur lächerlich. Obwohl, bei Tussis zieht so was vielleicht.

»Nein, das ist klar«, schüttelt Benny den Kopf. »Aber was sonst?«

»Ich denke, am besten ist es immer, wenn man ganz normal bleibt. Keine Sprüche, keine Angebereien, einfach nur unterhalten über alles und nichts und dann merkt man schon irgendwie, ob der andere interessiert ist oder nicht. Und er muss zuhören können, das wäre bei mir ganz wichtig. Ich meine, nicht dass er nur die ganze Zeit quatscht und wenn ich mal was sage, geht er gar nicht drauf ein oder so.«

»Zuhören, okay«, nickt Benny. »Aber wie kriegt man … Ich meine, wie kriegt Matze sie denn erst mal dazu, sich mit ihm allein zu unterhalten? Da braucht er doch irgendeinen Einstieg, irgendeinen Grund oder so.«

»Ach, das ist doch kein Problem, das ist doch ganz

easy. Er fragt sie einfach, wie ihr die Musik gefällt oder ob sie den und den Film gesehen hat. Irgendwas Belangloses, worüber aber jeder reden kann, und dann entwickelt sich ganz schnell ein Gespräch.«

»Musik oder Filme«, wiederholt Benny. »Okay. Sonst noch was, was er beachten sollte?«

Ich nicke. »Ja. Auf gar keinen Fall gleich antatschen. Also, auch nicht mal kurz am Arm oder an der Schulter oder so. Er soll seine Finger bei sich behalten, bis sie sich ihm nähert. Das ist nämlich das Ätzendste – Typen, die einen von Anfang an gleich befingern. Also, zumindest für mich. Keine Ahnung, wie das bei Tussis ist, vielleicht stehen die auch auf so was, aber ich glaube, im Allgemeinen werden Frauen nicht gerne sofort angegrapscht.«

»Okay, gut zu wissen. Also, ganz normal sein, mit Musik oder Filmen einsteigen und nicht anfassen. Das war's?«

»Mehr fällt mir jetzt auf Anhieb jedenfalls nicht ein.«

»Okay, super, vielen Dank, Lea!« Er strahlt mich an und drückt mir einen kurzen Kuss auf die Wange.

»Nichts zu danken«, antworte ich verdutzt, aber das hört er nicht mehr.

Er hat mich einfach stehen lassen und ist zurück in die Küche gegangen.

Ja, wie jetzt? Was war das denn? Das hat er noch nie gemacht. Und ich stehe auch eigentlich gar nicht auf diese Abschmatzerei. War das ein Zeichen? Wollte er mir damit irgendwas sagen? Könnte man das als Annäherungsversuch bezeichnen? Aber das macht überhaupt keinen

Sinn, wozu dann dieses Gespräch vorher? Und was will er jetzt in der Küche? Ich dachte, es ging um Matze? Matze ist unten. Sollte er nicht runtergehen und ihm meine Tipps mitteilen? Was, zum Teufel, soll das alles?

Benny nimmt sich ein Bier aus dem Kühlschrank und legt ein paar Flaschen nach. Die Tussis stehen in einem Pulk mitten im Raum, tuscheln und kichern blöd. Benny öffnet sein Bier, steht dumm herum und beobachtet die Tussis. Wie soll das denn Matze helfen? Oder ging es am Ende gar nicht wirklich um Matze? Er hat schließlich gefragt, was ein Typ machen muss, um an mich ranzukommen, speziell an mich. Und dann dieser Kuss. Könnte es vielleicht sein, dass er in Wirklichkeit versucht hat herauszufinden, wie er mir näher kommen kann? Aber warum lässt er mich dann gleich wieder einfach so stehen? Ich kapiere überhaupt nichts mehr.

Hallo, hier bin ich! Frag mich einfach nach der letzten *Coldplay*-CD oder ob ich *Ben Stiller*-Filme mag, der Rest ergibt sich dann von selbst! Du darfst mich dann später auch gerne anfassen, versprochen!

Nichts. Er steht einfach nur da, nuckelt an seinem Bier und beobachtet die Tussis.

Es klingelt mal wieder an der Tür, ich werfe einen Blick zum Eingang. Oh, nein, das ist Nico, dieses Ekelpaket, mitsamt seinem bescheuerten Schatten Tommy. Ist Tommy nicht der Bruder dieser Türöffnerin? Stimmt, ich glaube, da war was, genau. Und jetzt weiß ich auch wieder, wie diese Kuh heißt, Monika, Moni.

Nico sieht sich selbst als Geschenk an die Frauenwelt

und vögelt alles, was sich schneller bewegt als ein Baum. Und Tommy begnügt sich dann mit dem, was Nico ihm übrig lässt.

Wer hat diese zwei Idioten bloß eingeladen? Denen mache ich jedenfalls nicht auf.

Muss ich auch nicht. Die Heyderich ist schon unterwegs.

»Ich geh schon!«, flötet sie und schiebt sich mit einem abwertenden Blick an mir vorbei.

Noch bevor sie die Tür öffnet, quiekt sie enthusiastisch aufgeregt.

»Da seid ihr ja endlich!«, fällt sie Nico um den Hals und küsst ihn links und rechts. »Moni und ich warten schon die ganze Zeit auf euch!«

Sie knutscht Tommy auch noch ab, allerdings weniger enthusiastisch, und lässt beide rein.

Ich trete freiwillig aus dem Türrahmen, um die drei durchzulassen.

Nico und Tommy würdigen mich keines Blickes, gut so.

»Hey-Ho!« Nico betritt breit grinsend die Küche, in jeder Hand eine Flasche Bitterlemon. »Der Meister ist im Haus! Schnallt euch an, jetzt kann die Party steigen!«

Die Tussis quieken alle aufgeregt und schmatzen ihn ab.

Ich drehe mich angewidert um. Nein, danke, ohne mich. Da gehe ich doch lieber wieder runter. Und hoffe, dass Benny gleich nachkommt. Ich kriege schon noch raus, was das vorhin sollte. Wäre doch gelacht.

Benny

»Okay, super, vielen Dank, Lea!«, sage ich.

Lea ist echt Klasse, der beste weibliche Kumpel, den ich habe. Der einzige, eigentlich, wenn ich drüber nachdenke. Und das funktioniert wahrscheinlich auch nur, weil wir nichts voneinander wollen. Ich weiß noch genau, wie gut ich mit Yvonne befreundet war. Das hat bis letzten Sommer prima funktioniert, so lange, bis ich mich plötzlich in sie verliebt habe, aber sie sich leider nicht in mich. Danach war an eine normale Freundschaft nicht mehr zu denken, obwohl wir es echt versucht haben. Aber da wird dann von beiden Seiten jedes Wort und jede Geste auf die Goldwaage gelegt und man kann einfach nicht mehr ungezwungen miteinander umgehen. Zum Glück ist das mit Lea ja nicht so. Ich will nichts von ihr und sie nicht von mir und das ist einfach perfekt.

Ich drücke ihr aus Dankbarkeit einen kurzen Kuss auf die Wange und gehe zurück in die Küche.

Denise steht bei den anderen Mädels, sie tuscheln und kichern. Nein, da kann ich jetzt wohl ziemlich schlecht einfach hingehen und sie mit einer Musik- oder Film-

Frage herausreißen. Oh, mein Bier ist ja schon wieder leer, da muss schleunigst ein neues her.

Ich gehe an den Kühlschrank, hole mir eins und muss feststellen, dass natürlich keiner, der eine kalte Flasche rausgenommen hat, eine warme dafür nachgelegt hat. Idioten. Was ist das? Pure Faulheit oder einfach nur Blödheit? Ein voller Kasten steht genau neben dem Kühlschrank, kann ja wohl so schwer nicht sein, da mal was nachzufüllen.

Ich öffne mein Bier.

Ob ich es mal mit den Tipps von Lea versuchen soll? Wird bestimmt nicht einfach. Aber ansprechen muss ich sie, sonst kann ich die Sache glatt vergessen. Wenn sie doch nur den ersten Schritt machen und auf mich zugehen würde! Ich schaue die ganze Zeit in ihre Richtung, sie beachtet mich überhaupt nicht, ist nur mit ihren Freundinnen beschäftigt. Mist, warum bin ich nur so verkrampft? Ich muss unbedingt lockerer werden. Mehr Bier, ja, mehr Bier ist gut, das macht locker. Ich gönne mir einen tiefen Schluck, als es an der Tür klingelt.

»Ich geh schon!«, sagt Denise lächelnd in meine Richtung und verlässt die Küche.

Hey, das ist gar nicht so schlecht, damit ist sie für den Moment aus der Mädelsgang rausgerissen. Die Gelegenheit, sie allein zu erwischen. Jetzt oder nie! Bringe ich das? Ist das nicht zu auffällig? Und nach welchem Film soll ich sie überhaupt …

»Hey-Ho! Der Meister ist im Haus! Schnallt euch an, jetzt kann die Party steigen!«

Oh, fuck! Was will der denn hier? Den kann ich brauchen wie ein Loch im Kopf. Der größte Aufreißer der Schule, das ist alles andere als gut. Da wären mir ja drei Elzenheimers lieber, der nimmt einem wenigstens nur den Alkohol weg. Und natürlich hat er seinen Dumpfbacken-Kumpel Tommy auch dabei.

Die Mädels knutschen ihn alle ab. Denise hängt an seinem Arm. Sie wird doch wohl nichts mit ihm haben? Das wäre der Super-GAU, dann könnte ich mich gleich aufhängen.

»Ey, Benito!« Tommy grinst in meine Richtung. »Stell den Muschiöffner hier mal ins Eisfach! Für später!«

Er streckt mir mit einem schmierigen Zwinkern eine Flasche Erdbeer-Lime entgegen. Die Mädels tun kurz empört, kichern aber gleich wieder. Ich nehme ihm die Flasche ab und lege sie ins Eisfach.

»Na, ihr Süßen, alles frisch?«

Nico schnappt sich Denise und legt seinen Arm um sie.

»Das ist aber nicht die ganze Party hier, oder?«

»Nein, nein«, lacht Denise ihn an. »Unten geht's noch weiter. Ist aber echt gut, dass ihr endlich da seid, dann kommt endlich mal ein bisschen Stimmung auf.«

Na, Klasse. Dann hat sie sich also bis jetzt gelangweilt.

»Worauf du deinen entzückenden Arsch verwetten kannst!«

Nico zwickt ihr in den Hintern.

Verdammt, lass die Pfoten von ihr, du Arschloch! Nimm irgendeine andere, sind doch genug hier. Jede, nur nicht Denise. Bitte, bitte, bitte!

»Hey!«, beschwert sie sich und schlägt seine Hand weg.

Genau, sehr gut, zeig's ihm! Finger weg von meiner Frau!

»Dafür ist später noch genug Zeit«, lächelt sie und schiebt seine Hand wieder auf ihren Hintern.

Verfluchter Mist, das sieht alles andere als gut aus. Sie hat ganz offensichtlich was mit ihm. Verdammt, warum sagt mir so was keiner? Dann hätte ich mir das alles hier sparen können. Die Party, die Hoffnung, den Frust. Und jetzt soll ich mir das auch noch den ganzen Abend lang mit angucken, oder was? Nein, danke. Dann besauf ich mich doch lieber gleich richtig.

Ich gehe an den Kühlschrank, nehme zwei Bier und die volle Flasche Bacardi heraus und stapfe, ohne einen weiteren Blick auf meinen gerade heftigst geplatzten Traum zu werfen, in den Keller.

Unten angekommen sehe ich, wie Phillip gerade durch eine Toilettenrolle an einem weiteren Joint saugt. Die restlichen Leute johlen und klatschen. Die Tanzfläche ist mittlerweile gut gefüllt. Na, super, wenigstens die anderen haben Spaß heute Abend.

Lea sitzt allein auf der Couch und winkt mir lächelnd zu. Neben ihr ist noch Platz. Nein, danke, habe gerade echt die Schnauze voll von Frauen, und zwar von allen und für immer.

Ich schüttle so freundlich es geht den Kopf und zeige auf Matze. Das ist genau das, was ich jetzt brauche, einen Kumpel, einen Freund, einen Mann.

Ich rutsche neben ihn, stelle ein Bier vor ihm ab, schraube die Bacardi-Flasche auf und nehme drei große Schlucke. Oh, Mann, so pur ist das Zeug ganz schön hart.

»Sauber, der Herr!«, prostet mir der Elzenheimer zu. »Gib mal rüber, die Pulle!«

Ich reiche sie ihm wortlos und spüle den Bacardi-Geschmack schnell mit Bier herunter.

»Alles in Ordnung bei dir?«, fragt Matze und zieht mich ein Stück zurück.

»Klar, alles bestens!«, antworte ich und hoffe, er hat den Sarkasmus in meiner Stimme bemerkt.

»Ja, genau. Und deswegen kippst du hier den Hartsprit ab wie Limo. Komm, erzähl schon, was ist los?«

»Ey, Elzenheimer!«, rufe ich über den Tisch. »Wiedersehen macht Freude! Lass gefälligst noch was übrig!«

Er reicht mir die Flasche, ich nehme einen großen Schluck, wobei mir die Hälfte davon das Kinn hinunterläuft.

»Hey, mach mal langsam!«, packt Matze mich besorgt an der Schulter. »Sonst kollabierst du hier noch.«

»Ist jetzt auch egal.« Ich lehne mich seufzend zurück. »Eh alles Scheiße.«

»Was? Was ist Scheiße? Jetzt spuck's schon aus, Benny! Ich kann dir nicht helfen, wenn ich nicht weiß, was Sache ist.«

»Egal. Mir kann keiner mehr helfen.«

»Oh, Mann, jetzt mach hier nicht einen auf Drama-Queen! Erzähl endlich, was passiert ist!«

»Sie hat was mit Nico«, seufze ich.

»Wie? Wer hat was mit Nico?«

»Na, wer wohl? Meine Oma, natürlich!«

»Denise? Denise hat was mit Nico? Mit *dem* Nico?«

»Genau. Mit dem.«

»Oha. Das klingt übel.«

»Das kannst du laut sagen.«

Ich setze wieder die Flasche an, aber Matze nimmt sie mir aus der Hand.

»Jetzt hör doch mal auf mit dem Scheiß, das bringt doch nichts! Woher weißt du das überhaupt? Wer hat denn gesagt, dass sie mit Nico zusammen ist? Vielleicht stimmt das ja gar nicht!«

»Ja, ganz sicher!«, lache ich etwas gequält. »Kannst ja gerne mal hochgehen und dir seine Hand auf ihrem Arsch angucken. Die hat sie ihm höchstpersönlich dahin gelegt.«

»Wie jetzt? Er ist hier?«

»Nein, er hat nur seine Hand vorbeigeschickt!«, verdrehe ich genervt die Augen. »Natürlich ist er hier!«

»Okay, okay!«, sagt Matze »Kein Grund, das an mir auszulassen! Ich hab ihn bestimmt nicht eingeladen!«

»Na, meinst du ich, oder was? Keine Ahnung, wer ihm die Party gesteckt hat, wahrscheinlich sie, so wie's aussieht.«

»Na Klasse. Und jetzt?«

»Nichts, und jetzt. Bacardi, und jetzt«, sage ich und nehme ihm die Flasche wieder ab.

Ich nehme einen tiefen Zug und muss ein bisschen würgen, als ich wieder absetze. Vielleicht doch keine so gute Idee, mich ausgerechnet mit Bacardi zu besaufen, vor allem nicht auf nüchternen Magen.

Ich reiche die Flasche Elzenheimer, der sie selig grinsend entgegennimmt.

»Gibt's hier vielleicht noch mal was zu rauchen, oder wie?«, rufe ich Phillip zu.

»Kein Problem. Kommt sofort.«

Na also, geht doch. Kiffen ist besser, das schlägt nicht so auf den Magen.

Matze zieht mich am Ärmel.

»Wenn man vom Teufel spricht«, flüstert er und nickt in Richtung Tür.

Na, Klasse, Nico und Tommy. Wo kommen die denn auf einmal her? Hab gar nicht gemerkt, dass jemand runtergekommen ist. Und wo sind die Mädels? Nicos Hand liegt nicht auf Denise' Arsch, sondern hält eine große Flasche Lemon umklammert. Auch egal, wahrscheinlich spaziert sie gleich weiter und schiebt sich unter Denise' Oberteil oder so. Oh, Mann, ich könnte echt kotzen! Und das liegt nicht am Bacardi.

Die beiden stehen im Türrahmen und checken tuschelnd die Leute ab. Tommy nickt in Richtung Couch. Sie tuscheln weiter, jetzt geht Tommy an die Anlage und kramt in meinen CDs, Nico steuert zielsicher auf die Couch zu und …

»Hey, Benny!«, lässt mich Phillips Stimme aufschrecken. »Was ist denn jetzt? Eben wolltest du doch noch unbedingt.«

Er streckt mir einen qualmenden Joint entgegen.

»Klar, immer her damit!«, sage ich und schnappe mir die Tüte.

Ich sauge einmal tief und kräftig daran. Ja, das könnte helfen. Das und noch ein paar Bier. Scheiß auf Nico. Scheiß auf Denise. Scheiß auf den Schmerz.

Nico

»Hey! Dafür ist später noch genug Zeit.«

Denise schnappt sich meine Hand und legt sie zurück auf ihren geilen Arsch.

Sehr gut, die will mich, einmal poppen hab ich schon sicher. Und an diese Sahneschnitte wollte ich eh längst mal ran. Wobei das Frauenmaterial hier insgesamt nicht schlecht ist, hätte ich gar nicht erwartet. Okay, zwei der vier Grazien hatte ich schon mal, aber das sind immerhin noch fünfzig Prozent Frischfleisch. Und wer weiß, was da unten noch so alles rumläuft und nur auf ein Prachtstück wie mich wartet. Bloß nicht gleich auf das erste Pferd im Stall steigen, nur weil es einen Sattel trägt, sagt mein Alter immer. Und der muss es schließlich wissen, der hat nur Superschnecken am Start, seit Mama ihn rausgeschmissen hat.

Dieser Benny schiebt sich mit einer Flasche Bacardi in der Hand und mies gelaunter Fresse an mir und den Weibern vorbei und verschwindet nach unten. Wahrscheinlich hat er einen Riesenhals, weil Tommy und ich hier so einfach eingelaufen sind. Sein Pech.

»Krieg ich'n Schluck?«, fragt Denise und zeigt auf die Lemon-Flaschen in meinen Händen.

»Aber sicher doch!«, antworte ich und schraube eine Flasche auf. »Schön den Mund auf!«

Denise öffnet ihren Mund und ich halte die Flasche an ihre Lippen. Sie schluckt zweimal und will dann aufhören, aber ich setze ihr mit der Flasche nach. Sie fängt an zu lachen und natürlich läuft ihr der Wodka-Lemon am Mund vorbei übers Kinn den Hals herunter und tropft ihr Oberteil nass. Sie macht einen Satz rückwärts, ich bringe die Flasche schnell zurück in die Senkrechte.

»Iiiiih, das klebt!«, quiekt sie.

»Du sollst es ja auch trinken und nicht als Body-Lotion benutzen. Sieht aber verdammt lecker aus, darf ich's ablecken?«

»Das könnte dir so passen!«, kichert sie.

Sie reißt ein Blatt von einer Küchenrolle und tupft sich damit Gesicht und Ausschnitt ab.

»Mist, das klebt immer noch. Ich glaub, ich muss mal kurz ins Bad.«

»Warte, ich komm' mit«, sagt Moni.

Und weg sind sie.

»Wir gehen dann schon mal runter!«, rufe ich ihnen hinterher.

»Okay, wir kommen gleich nach!«, ruft Denise zurück.

»Was ist mit euch?«, wende ich mich an die anderen zwei Chicas.

»Wir kommen auch gleich«, antwortet Birgit. »Erst noch was essen.«

»Gute Idee!«, sage ich, schnappe mir eine Frikadelle, schiebe sie mir in den Mund und gehe mit Tommy runter.

»Das ist ja echt ’n Trauerspiel hier«, stelle ich unten angekommen enttäuscht fest.

»Hast du was anderes erwartet?«, erwidert Tommy. »War doch wohl klar, dass hier nur die letzten Nerds rumlaufen.«

»Allerdings. Nur Kiffer, Streber und verklemmte Jungfrauen.«

»Wieso? Die eine da drüben sieht doch ganz geil aus«, nickt Tommy in Richtung einer sehr blassen Streberin. »Und Konkurrenz brauchen wir hier nicht zu fürchten. Ist doch gar nicht mal so schlecht. Die mach ich nachher auf jeden Fall klar.«

Das war zu erwarten, typisch Tommy, lange blonde Haare, mehr braucht es für ihn nicht.

»Vergiss es«, sage ich. »Die sieht eindeutig nach kein Sex vor der Rente aus.«

»Ja, stimmt genau! Aber du würdest sie natürlich rumkriegen!«

»Hä, wieso das denn? Wie kommst du denn auf das schmale Brett?«

»Na, du kriegst doch jede, hast du gesagt.«

»Oh, Mann, nicht das schon wieder! Scheint dich ja echt zu beschäftigen, was? Okay, also noch mal ganz langsam zum Mitschreiben: Ich sagte, ich kriege jede, die ich will! Und dieses zugenähte Mauerblümchen da will ich ganz bestimmt nicht!«

»Sollst du ja auch gar nicht, die will ich ja! Aber wenn

du sie wolltest, dann würdest du sie auch kriegen, das ist doch deine Ansage hier, oder?«

Er kapiert's nicht. Er kapiert's einfach nicht. Warum um alles in der Welt sollte ich es nötig haben, so eine zu wollen, wenn ich ganz locker und nebenbei Kaliber wie Denise abschleppen kann? Wenn man auf der Straße ein Bündel Geldscheine neben einem Haufen Hundescheiße liegen sieht, was davon hebt man dann wohl auf und steckt es ein? Okay, Tommy würde wahrscheinlich zögern und eine halbe Stunde überlegen, aber ich gehe jetzt mal von Leuten mit mehr als nur einer Erbse Intelligenz aus, und da stellt sich diese Frage nämlich erst gar nicht.

»Mann, raffst du's mal?«, erwidere ich genervt. »Die Frage ist totaler Schwachsinn! Ich will sie nicht und damit hat sich das erledigt!«

»Ich mein doch nur, rein theoretisch!« Tommy lässt nicht locker. »Nur mal so angenommen. Wenn du es wolltest, würde sie die Beine für dich breit machen, oder?«

Das wird mir jetzt langsam echt zu blöd. Das ist ja so, als würde man versuchen einer Bowlingkugel das Schwimmen beizubringen.

»Ja!«, stöhne ich resignierend. »Ja, würde sie! Bist du jetzt zufrieden? War's das endlich?«

»Und jede andere auch, das hast du doch quasi behauptet, oder?«

»Ja, verdammt! Jede andere auch! Steck mich in ein Nonnenkloster und nach der ersten Nacht ist Maria die letzte Jungfrau in dem Schuppen! Können wir jetzt vielleicht mal wieder über was anderes reden?«

»Wie wär’s mit ’ner Wette?«

»Wie, Wette? Was denn für ’ne Wette?«

»Na, ’ne Wette eben. Wenn du wirklich behauptest, du könntest jede kriegen, dann kannst du das ja wohl locker mit ’ner Wette beweisen, oder?«

»Ich höre immer nur Wette. Was denn für ’ne Wette? Wie soll die denn aussehen, deine blöde Wette?«

»Ganz einfach: Ich such dir eine aus, und du schleppst sie ab.«

»Wie jetzt? Hier? Heute Abend?«

»Genau.«

Oh, Mann, der hat sie doch echt nicht mehr alle. Was soll denn dieser Mist jetzt? Eine Wette! Wir sind doch nicht mehr im Kindergarten! Außerdem weiß er ganz genau, dass er nur verlieren kann. Aber okay, von mir aus, wenn er dann endlich Ruhe gibt, soll er seine bescheuerte Wette haben. Das wird allerdings nicht ganz billig. Wenn ich schon irgendeine von den Mauerblümchen hier poppen soll, muss er auch ordentlich was dafür hinblättern.

»Du suchst eine aus und ich muss sie flachlegen?«, frage ich nach.

»So sieht’s aus.«

»Okay. Und wie soll ich beweisen, dass ich sie flachgelegt habe?«

»Hm, gute Frage«, sagt Tommy grübelnd. »Sagen wir, das läuft auf Vertrauensbasis. Wenn du mit ihr eine halbe Stunde nach oben verschwindest, weiß ich Bescheid.«

»Klingt fair. Okay, um hundert Euro.«

»Hundert Öcken?« Er schaut mich entgeistert an. »Ich dachte da eher an einen Kasten Bier oder so.«

»Entweder richtig oder gar nicht.«

»Aber ich habe keine hundert Euro.«

Schon klar, wer hat die schon? Ich bestimmt nicht.

»Na und?«, sage ich. »Wenn du sicher bist, die Wette zu gewinnen, brauchst du sie doch gar nicht.«

»Klar bin ich mir sicher, dass ich gewinne! Aber ein gewisses Risiko bleibt ja trotzdem, sonst wäre es schließlich keine Wette.«

»Tja, dann ist die Frage, ob dir dieses Risiko hundert Euro wert ist oder nicht.«

Tommy kratzt sich zögernd am Kopf.

»Wie wär's mit fünfzig?«, fragt er.

»Keine halben Sachen. Ganz oder gar nicht.«

Er zögert noch einen Moment, streckt mir dann aber die Hand entgegen.

»Okay, gebongt.«

»Jetzt musst du mir nur noch sagen, welches arme Mauerblümchen heute die Nacht ihres Lebens verbringen darf.«

»Kein Mauerblümchen. Ganz so leicht mach ich es dir bestimmt nicht.«

Er nickt in Richtung Couch, auf der nur eine einzige Person sitzt. Was denn, die? Die habe ich ja völlig übersehen, wie kommt die denn hierher?

Die geht doch sonst nie auf Partys, völlig zu Recht auch, wer lädt denn so eine schon ein? Diese Frisur ist ein Verbrechen an der Weiblichkeit, die Klamotten sowieso.

Mit der will doch kein normaler Mensch was zu tun haben. Aber okay, umso besser, das wird ein Kinderspiel. Die ist wahrscheinlich völlig verzweifelt und lechzt nach einem Typ, der sie mal rannimmt. Es sei denn natürlich, sie ist …

»Lesben zählen aber nicht!«, sage ich zu Tommy.

»Die ist nicht lesbisch. Die hatte mal was mit einem, den ich kenne.«

»Echt? Was kennst du denn bloß für abartige Leute? Aber okay, umso besser. Dann fang am besten gleich schon mal an, hier Pfandflaschen für die hundert Öcken einzusammeln. Die da knack ich ohne Arme noch mit links.«

»Das werden wir ja sehen. Ich sorg erst mal für andere Mucke. Mal gucken, ob dieser Knilch auch was hat, was ein bisschen abgeht.«

»Ja, mach das, gute Idee. Und wundere dich nicht, wenn ich plötzlich mal für 'ne halbe Stunde verschwunden bin.«

»Kein Problem … Der nächste Geldautomat ist ja ein ganzes Stück weit weg.«

Wir trennen uns, Tommy geht zur Anlage, und ich steuere auf die Couch zu. Mist, ich hätte ihn noch fragen sollen, wie die eigentlich heißt. Kommt immer besser als Auftakt, wenn man den Namen weiß. Bei so einer kann man nicht einfach landen, indem man sie Süße nennt. Verdammt, ich wusste mal, wie die heißt. Es war irgendwas mit … Ah ja, doch, jetzt weiß ich es wieder!

Ich setze mich mit einem Lächeln neben sie, nicht zu

dicht, die ist nicht der Typ, der auf schnellen Körperkontakt steht.

»Hi, Bea!« Ich lächle sie breit von der Seite an. »Alles klar bei dir?«

»Ich heiße Lea«, antwortet sie frostig, ohne mich dabei anzusehen.

Mist, das war natürlich alles andere als ein guter Einstieg, aber nichts, was man nicht wieder ausbügeln könnte.

»Lea, Bea, hey, wo ist denn da schon groß der Unterschied?«, lächle ich sie an. »Hauptsache, du bist hier.«

»Lea fängt mit L an, Bea mit B«, erwidert sie, immer noch geradeaus starrend. »Das ist der Unterschied.«

Sehr witzig, klugscheißen kann ich auch alleine. Das wird wohl doch schwerer, als ich dachte.

»Okay«, sage ich. »Wieder was dazugelernt. Vielleicht komme ich ja jetzt endlich mal von meiner Fünf in Deutsch runter.«

Sie lacht nicht, noch nicht mal ein kleines Zucken der Mundwinkel. Und auch sonst keinerlei Reaktion, sie ignoriert mich einfach. Aber so schnell gebe ich natürlich nicht auf. Ich trinke einen Schluck aus der Lemon-Flasche und halte sie ihr anschließend vor die Nase.

»Auch was?«

Sie greift sich wortlos die Flasche, nimmt einen Zug und drückt sie mir kommentarlos wieder in die Hand.

»Nichts zu danken, gern geschehen«, sage ich und
schraube die Flasche wieder zu.

Ich sitze eine Weile schweigend neben ihr, schaue sie

aber die ganze Zeit über an. Vor uns wird getanzt. Eins muss man Tommy lassen, das hat er drauf. Wenn er an die Musik geht, wird jede Party schlagartig besser. Tommy könnte selbst eine Beerdigungsgesellschaft zum Tanzen bringen. In Sachen Musik macht ihm echt so schnell keiner was vor. Der könnte das locker für Geld machen, aber ich werde mich hüten, ihm das zu stecken. DJs kriegen immer die besten Mädels ab, da würde ich mir nur ins eigene Fleisch schneiden.

Ob ich es bei Lea mal mit tanzen versuchen soll? Nein, lieber nicht, sie sieht nicht so aus, als würde sie auf diese Musik stehen, da zuckt ja noch nicht mal der kleine Finger im Takt. Also versuche ich es weiter mit der Anstarrtaktik.

»Scheiße, was willst du?«, fragt sie plötzlich den Kopf zu mir drehend. »Hast du nichts Besseres zu tun, als mich hier blöd anzuglotzen?«

Na also, funktioniert doch.

»Nö«, lächle ich sie an. »Eigentlich nicht.«

»Na, super.« Sie rollt genervt mit den Augen und starrt dann wieder geradeaus. »Mir bleibt auch nichts erspart heute.«

»Nein, jetzt mal im Ernst. Weißt du, ich stand eben so da drüben, und dann hab ich dich gesehen und hab gedacht: Hey, so eine Klasse-Frau, und die sitzt da ganz allein und sieht alles andere als glücklich aus, das kann ja wohl nicht sein, daran muss etwas geändert werden.«

Ihre Miene verzieht sich skeptisch, aber sie sagt nichts.

»Na ja«, mache ich weiter. »Und darum habe ich mir

einfach mal vorgenommen, mich neben dich zu setzen und deine Laune zu verbessern.«

»Indem du mich blöd anglotzt? Tolle Idee.«

»Nein. Indem ich dich zum Lachen bringe. Ich will dich nur einmal lachen sehen, ein einziges Mal nur. Und glaub mir, ich bin sehr hartnäckig, ich kann hier die ganze Nacht sitzen bleiben. Bevor du nicht einmal für mich gelacht hast, wirst du mich nicht los.«

Oh, Mann, hoffentlich hört mir hier keiner zu, dieses Geschleime ist kaum auszuhalten.

»Sorry«, sagt sie mit todernstem Gesicht. »Aber es ist, glaube ich, allseits bekannt, dass ich zum Lachen immer in den Keller gehe, also vergiss es besser schnell und versuch es woanders.«

»Hm.« Ich schaue demonstrativ an die Decke. »Wenn ich mich nicht irre, sind wir hier im Keller?«

Ihre Mundwinkel zucken nach oben, sie dreht ihr Gesicht zur Seite. Volltreffer! Das hat gesessen!

»Hey, das war ein Lächeln! Du brauchst es gar nicht zu verstecken, ich hab's genau gesehen! Das war ganz eindeutig ein Lächeln!«

Ihr Oberkörper bebt leicht und sie hält sich die Hand vor den Mund.

»Da! Und jetzt lachst du sogar!«, setze ich nach. »Du musst dich nicht dafür schämen, das ist völlig okay, wir sind ja im Keller!«

Sie dreht sich endlich zu mir und sie lacht tatsächlich, leicht zumindest.

»Na also. Das ist viel besser, das wollte ich sehen.«

»Dann hast du ja erreicht, was du wolltest«, sagt sie und versucht wieder eine ernste Miene aufzusetzen. »Du kannst also wieder abhauen und mich in Ruhe lassen.«

»Auf gar keinen Fall! Jetzt, wo ich dein Lachen gesehen habe, will ich mehr davon. Du siehst einfach zu gut aus, wenn du lachst.«

Ich finde es immer wieder erstaunlich, wie leicht es mir fällt, dermaßen zu lügen, ohne rot zu werden. Eigentlich müsste sie jetzt rot werden, das wäre die normale Reaktion bei Weibern, aber sie wird es nicht, nicht mal ansatzweise.

Sie zieht eine Augenbraue nach oben und guckt mich skeptisch an.

»Du solltest mal langsam machen mit dem Alkohol«, sagt sie. »Du hast schon Halluzinationen.«

Yes, ich wusste es! Sie hat Minderwertigkeitskomplexe. Und zwar völlig zu Recht. In diesem Outfit und mit *der* Frisur würde sich selbst das Playmate des Jahres hässlich fühlen. Aber für meine Zwecke ist das natürlich perfekt. Nichts ist leichter rumzukriegen als eine Frau mit Minderwertigkeitskomplexen.

»Stimmt.« Ich nicke. »Das ging mir auch durch den Kopf, als ich dich vorhin gesehen habe. Diese Frau sieht so verdammt gut aus, das muss eine Halluzination sein, dachte ich.«

Sie prustet laut lachend los.

»Sag mal«, gluckst sie. »Funktionieren solche dämlichen Sprüche wirklich manchmal?«

»Was denn?«, erwidere ich entrüstet. »Wieso denn

Sprüche? Das ist die Wahrheit, sonst nichts. Sorry, wenn das jetzt irgendwie komisch rübergekommen ist, aber ich habe so was auch noch nie zu einer Frau gesagt.«

Ich lehne mich gespielt beleidigt in die Couch zurück.

»Ach, komm! Jetzt mach mal halblang! Typen wie du lassen doch ständig solche Sprüche los. Und Typen wie du stehen auch absolut nicht auf Frauen wie mich. Also, was soll das Ganze hier? Dein dämlicher Kumpel glotzt die ganze Zeit so komisch hierher. Wollt ihr mich verarschen? Da müsst ihr aber schon ein bisschen früher aufstehen. Ich bin mit Sicherheit nicht so blöd, wie ihr zwei ausseht.«

Shit, das ging nach hinten los. War wohl doch zu dick aufgetragen, so blöd ist die wirklich nicht, selbst mit Komplexen. Was jetzt? Ich darf diese Wette nicht verlieren, nicht gegen Tommy, das würde er mir die nächsten hundert Jahre noch bei jeder Gelegenheit unter die Nase reiben. Verdammt, wie kriege ich jetzt bloß die Kurve, ohne völlig zu crashen? Bleibt eigentlich nur eins: angreifen und Gas geben!

»Typen wie ich?« Ich setze mich empört auf. »Was soll das denn heißen? Für was für einen Typ hältst du mich denn, wenn ich fragen darf?«

»Oh, das kann ich dir ganz genau sagen! Du bist ein typischer Aufreißer, ein Großmaul, einer, der glaubt, er müsste nur mit dem Finger schnippen und schon schmilzt jede Frau dahin und springt mit ihm in die Kiste. Genau so ein Typ bist du.«

»Ach, so ist das! Und woher willst du das so genau

wissen? Ich meine, du kennst mich doch überhaupt nicht, oder? Du hast vielleicht mal hier und da was über mich gehört und dir so ein paar Vorurteile zusammen ge…«

»Hey, Süßer!«, unterbricht mich Denise, die plötzlich vor der Couch steht.

»Hier bin ich wieder«, säuselt sie. »Ich hab dich vermisst. Komm, tanz mit mir!«

Oh, Shit, die kann ich jetzt ja gerade so gar nicht gebrauchen. Auch wenn ich mich viel lieber mit ihrem geilen und vor allem leicht verfügbaren Arsch beschäftigen würde als mit der Naturkatastrophe neben mir. Aber ich muss diese Wette unbedingt gewinnen, da gilt es Prioritäten zu setzen. Und für diesen Arsch bleibt später immer noch genug Zeit, der wartet mit Sicherheit auf mich.

»Ey, siehst du nicht, dass ich mich hier gerade unterhalte?«, pflaume ich sie gereizt an. »Verschwinde! Tanz mit dir selbst oder mit wem auch immer!«

Denise fällt alles aus dem Gesicht. Okay, das war vielleicht ein bisschen zu hart, aber das biege ich nachher schon wieder hin.

»Aber … ich … ich dachte …«, stammelt sie fassungslos.

»Du sollst aber nicht denken! Du sollst verschwinden, hab ich gesagt! Und zwar pronto! Du störst!«

Sie starrt mich mit großen Augen an, öffnet den Mund, um etwas zu sagen, schließt ihn aber sofort wieder, dreht sich um und stapft wütend davon.

»Sorry für die Unterbrechung«, wende ich mich wieder meinen hundert Euro zu. »Die hat mich oben schon tierisch genervt mit ihrer aufdringlichen Art. Aber siehst du, das ist eigentlich genau das richtige Beispiel, wegen solcher Mädels entstehen diese Vorurteile über mich. Ich meine, ich kann doch schließlich nichts dazu, dass ich ständig angemacht werde. Und ruckzuck hat man einen schlechten Ruf, selbst bei Leuten, die einen gar nicht kennen. Und dann trifft man mal eine echte Klasse-Frau wie dich und hat von Anfang an verschissen, obwohl man es echt ernst meint. Das ist nicht gerade fair, oder?«

So, wie war das? Nicht schlecht, oder? Ein Appell an ihr soziales Gewissen, das zieht bei solchen Weibern immer. Die krieg ich schon noch. Alles nur eine Frage der Zeit.

Denise

»Das war ja leichter, als ich dachte«, sage ich, während ich ein paar Lagen Toilettenpapier anfeuchte und mir damit das klebrige Zeug vom Ausschnitt entferne.

»Was hast du erwartet?« Moni schaut mich im Spiegel an. »Für Nico sind zwei halbwegs sichtbare Brüste schon alles an Verführungskunst, was es braucht.«

»Er hat gesagt, ich hätte einen entzückenden Arsch.«

»Na klar!«, verdreht Moni die Augen. »Und du bist auch bestimmt die Erste, zu der er das gesagt hat!«

Das war ja zu erwarten, natürlich muss sie mir das wieder schlechtmachen. Die ist doch nur neidisch mit ihrem fetten Hintern.

»Die Erste vielleicht nicht«, sage ich. »Aber wenn ich ihn erst mal habe, bestimmt die Letzte.«

»Ach, Denise!«, stöhnt sie. »Jetzt mach dir doch nichts vor! Der findet deinen Arsch so lange entzückend, bis er ihn hatte, und dann lässt er dich fallen, so wie jede andere auch!«

Ich krame meinen Lippenstift aus der Tasche und lege nach.

»Abwarten«, zwinkere ich ihr zu. »Bis jetzt hat noch jeder um Nachschlag gebettelt. Wer bei mir angebissen hat, kommt erst wieder los, wenn ich ihn zurück ins Wasser werfe. Nico ist auch nur ein Kerl, ihm wird es nicht anders gehen als dem traurigen Rest.«

»Du musst wissen, was du tust. Aber sag hinterher nicht, ich hätte dich nicht gewarnt.«

»Keine Sorge. Wenn ich eine Warnung brauche, kaufe ich mir einen Hund.«

Ich betrachte mich im Spiegel, ziehe mein Oberteil etwas weiter nach unten und zupfe meine Frisur zurecht.

»Und?«, frage ich Moni über den Spiegel. »Okay so?«

»Perfekt«, grinst sie falsch. »Für deine Zwecke.«

»Dein Kajal ist verwischt«, beende ich das Gespräch und verlasse das Bad.

Ich gehe die Treppe zum Keller hinunter. Vor der Tür noch mal kurz das Dekolletee gerichtet, okay, schnall dich an, Nico! Diese Nacht wirst du nicht so schnell vergessen! Ich betrete mit einem entwaffnenden Lächeln den Raum.

Scheiße, was ist das denn? Das kann ja wohl jetzt nicht sein, oder? Wieso, zur Hölle, sitzt er denn da neben der EMO-Schnalle? Und nicht nur das, er unterhält sich auch noch mit ihr! Und er hat mich nicht mal reinkommen sehen! Hallo, bist du blind? Hier steht deine Traumfrau! Das glaub ich ja wohl echt nicht!

Ich gucke mich fassungslos im Raum um. Okay, ganz ruhig bleiben, Denise. Die ist keine Konkurrenz für dich, das wäre ja lächerlich. Wahrscheinlich hat er sich nur dahin gesetzt, weil sonst nichts frei war. Und dann hat sie ihn angelabert, weil sich sowieso keiner mit ihr unterhält. Und er wartet nur darauf, dass ihn jemand da wegholt, weil sie ihn tierisch nervt. Das wäre eigentlich Tommys Aufgabe, wo steckt der denn? Ah ja, da drüben an der Anlage, legt gerade eine neue CD ein. *Snoop Dogg*, sehr gut. Dann werde ich das wohl mal mit der Rettung übernehmen. Keine Sorge, mein Hübscher, ich werde dich ganz schnell von dieser Hexe befreien! Und wie du mir deine Dankbarkeit zeigen kannst, werde ich dir danach verraten.

Ich gehe langsam auf die Couch zu und bleibe mit einem gekonnten Hüftschwung vor Nico stehen. Er reagiert nicht. Hallo? Das darf ja wohl echt nicht wahr sein!

Er labert irgendwas von sie würde ihn überhaupt nicht kennen oder so. Mir auch egal, das muss auf jeden Fall ein Ende haben.

»Hey, Süßer!«, unterbreche ich ihn einfach. »Ich hab dich vermisst. Komm, tanz mit mir!«

So, das sollte reichen. Überlass diese Ätz-Tussi ihrem hässlichen Schicksal und schwing deinen süßen Hintern zu mir hoch. Na los, mach schon! Worauf wartest du noch?

»Ey, siehst du nicht, dass ich mich hier gerade unterhalte?«, fährt er mich plötzlich an. »Verschwinde! Tanz mit dir selbst oder mit wem auch immer!«

Wie bitte? Das hat er eben nicht wirklich gesagt, oder? Was soll das denn jetzt? Das kann er doch nicht ernst meinen! Vor zehn Minuten hatte er noch seine Hand auf meinem entzückenden Hintern und jetzt so was? Ich kapiere überhaupt nichts mehr.

»Aber … ich … ich dachte …«, stammle ich ihm verwirrt entgegen.

»Du sollst aber nicht denken!«, blafft er mich an. »Du sollst verschwinden, hab ich gesagt! Und zwar pronto!«

Okay, das war deutlich, mehr als deutlich. Ich bin völlig perplex. Ich meine, der hat sie ja wohl ganz offensichtlich nicht mehr alle! Ich soll verschwinden? Ich? Damit er sich mit dieser … dieser, ach, mir fehlen einfach die Worte! So was hat noch keiner zu mir gesagt! Was glaubt der, wer er ist? Dieses blöde, eingebildete Arschloch!

Ich öffne den Mund, um ihm genau das an den Kopf zu werfen, aber mir bleibt immer noch die Luft weg. Ich überlege kurz, ob ich ihm einfach eine knalle, dazu braucht man keine Luft, lasse es aber sein. Diese Blöße gebe ich mir nicht. Stattdessen schließe ich meinen Mund wieder, drehe mich wortlos um und entferne mich innerlich kochend von den beiden.

Ein Joint macht mal wieder die Runde. Nein, das reicht nicht, ich brauche jetzt etwas Härteres. Ich sehe, wie Ronnie sich an einer halb vollen Bacardi-Flasche festhält und reiße sie ihm aus der Hand.

»Ey, dassis meine!«, beschwert er sich lallend.

»Jetzt nicht mehr.« Ich zeige ihm den Finger und setze mich die Flasche aufschraubend neben Benny.

Ich lasse einen großen Schluck in meine Kehle gluckern
und verziehe angewidert das Gesicht, als ich die Flasche wieder absetze. Ja, das ist hart genug, das müsste helfen.

Ich gucke kurz zu Nico rüber, er labert immer noch mit dieser blöden Kuh. Du mieser, verkommener Scheißkerl! Wirst schon sehen, was du davon hast. Bei der holst du dir doch sonst was, und ich hoffe, das tut dann richtig und sehr lange weh. Verdammt, was will er denn bloß von der? Ich sehe tausendmal besser aus! Ich bin tausendmal besser! Ich kapier das einfach nicht. Aber okay, sein Problem. Nein, nicht okay, trotzdem sein Problem. Hab ich das etwa nötig? Mich von so einem runterziehen zu lassen? Ich brauche keinen bescheuerten Nico. Soll er doch glücklich werden mit seiner Schabracke da. Mir doch egal. Hey, ich kann mir jederzeit einen anderen suchen! Hörst du das, du Arschloch? Ich brauche dich nicht! Aber einen Schluck von diesem fiesen Zeug könnte ich schon noch brauchen. Ja, das tut gut.

Mein Blick fällt auf Benny neben mir, der mit glasigen Augen vor sich hin starrt und alles andere als glücklich aussieht.

»Hier«, sage ich und halte ihm die Flasche hin. »Das hilft.«

Er schaut mich etwas verwirrt an.

»Wogegen?«

»Alles, egal.«

Er setzt die Flasche an und trinkt.

»Und? Besser?«, frage ich, als er sie mit angewidertem Gesicht wieder absetzt.

»Nicht wirklich«, antwortet er und lehnt sich seufzend zurück.

Ein kurzer Blick zu Nico. Er sitzt immer noch neben

dieser Kuh, jetzt rückt er sogar ein Stück näher an sie ran. Na warte! Was du kannst, kann ich schon lange und besser sogar!

»Sag mal«, beugt sich Benny schwerfällig wieder nach vorne. »Hast du *Herr der Ringe* gesehen?«

Wie bitte? Was soll das denn? Er will mir doch wohl jetzt nicht ein Gespräch über Filme aufdrücken, dafür ist nun wirklich keine Zeit. Ich ignoriere seine Frage einfach, rücke ganz nah an ihn heran und …

Lea

»Und ruckzuck hat man einen schlechten Ruf, selbst bei Leuten, die einen gar nicht kennen. Und dann trifft man mal eine echte Klasse-Frau wie dich und hat von Anfang an verschissen, obwohl man es echt ernst meint. Das ist nicht gerade fair, oder?«

»Wie bitte, was?«, frage ich.

Ich habe ihm nicht richtig zugehört, ich war innerlich zu sehr mit lachen beschäftigt. Was er da gerade mit der Heyderich abgezogen hat, war einfach zu geil. Ihr Gesicht, als er ihr gesagt hat sie soll verschwinden, werde ich nie vergessen, das war absolut köstlich.

»Ich meine, es ist nicht fair, wenn man ungerechtfertigterweise einen schlechten Ruf hat. Weißt, du, ich finde dich echt Klasse.«

»Aha.«

Ich traue diesem Aufreißer immer noch keinen Meter, von wegen ungerechtfertigt: Den Ruf hat er völlig zu Recht. Aber er hat eben eine ganze Menge Pluspunkte bei mir gemacht. Wer die Heyderich so abblitzen lässt, hat was gut bei mir. Außerdem weiß ich immer noch nicht, was er eigentlich von mir will, also spiele ich einfach mal ein bisschen mit.

»Nein, echt jetzt!«, bekräftigt er seine letzte Aussage. »Du bist eben nicht so wie die anderen, und das gefällt mir total.«

»Oh, das ist aber sehr lieb«, sage ich gespielt verlegen. »Das höre ich selten, danke.«

»Hey, das ist nur die Wahrheit!«

Er rückt ein Stück näher an mich ran.

»Wenn andere das nicht zu schätzen wissen, ist es ihr Verlust.«

Geht's vielleicht noch ein bisschen schleimiger? Wenn der Typ so weitermacht, glitsche ich hier gleich von der Couch.

Ich werfe einen Blick zur Heyderich, sie sitzt neben Benny am Tisch und kippt sich gerade massenweise Bacardi in den Kopf. Mann, sieht die angefressen aus, das ist echt ein Fest.

»Du hast doch keinen Freund, oder?«, fragt Nico.

»Wieso?«, frage ich zurück. »Wie kommst du darauf, dass ich keinen Freund habe? Ich denke, ich bin so Klasse? Dann wäre es doch eigentlich ein Wunder, wenn ich keinen Freund hätte, oder?«

»Allerdings, das wäre echt ein Wunder!«, seufzt er. »Das war auch keine Feststellung, sondern mehr ein ganz kleines Stückchen Hoffnung. Aber okay, war ja klar, natürlich hast du einen Freund, war blöd zu fragen, sorry.«

»Ich habe nicht gesagt, dass ich einen habe.«

»Ja, wie jetzt? Hast du einen oder hast du keinen?«

»Wer weiß?«

»Dann besteht also eventuell noch Hoffnung für mich?« Er rückt noch ein Stück näher an mich heran.

»Das habe ich auch wieder nicht gesagt.«

»Du machst es einem nicht leicht, was?«

»Nein, warum sollte ich?«

Und einem wie dir schon gar nicht. Ich bin nach wie vor fest davon überzeugt, dass hier irgendwas faul ist. Aber das kriege ich schon noch raus.

»Wenn du es leicht willst, hättest du Denise nicht so abservieren sollen.«

»Denise interessiert mich aber nicht.«

Genau das ist ja das Seltsame. Normalerweise schleppt er nur solche Tussis ab. Was zum Teufel will er jetzt plötzlich von mir? Das ist doch ...

Ach du Scheiße! Was macht Benny denn da? Spinnt der? Das kann er doch nicht machen!

Benny

»Und? Besser?«

»Nicht wirklich.«

Schon gar nicht, solange sie neben mir sitzt und mir schmerzhaft vor Augen hält, was ich nicht haben kann.

Oh, Mann, der Bacardi hat ganz schön reingehauen, ich bin ziemlich voll. Vielleicht war auch der letzte Joint zu viel. Oder beides zusammen. Egal.

Jedenfalls sitze ich hier neben der Ex-Frau meiner Träume und bin ziemlich dicht. Moment mal, warum sitzt sie überhaupt hier? Sollte sie nicht neben ihrem blöden Stecher sitzen? Oder auf ihm? Wo ist dieser Glückspilz überhaupt? Wenn ich mit Denise zusammen wäre, würde ich sie nicht einen Augenblick lang alleine lassen.

Ich gucke mich um. Ah ja, da unten ist er, auf der Couch neben … ist das nicht Lea? Ja, das ist Lea. Und sie unterhält sich mit ihm. Oder er sich mit ihr? Keine Ahnung, kapier ich jedenfalls nicht. Wieso sitzt der da unten mit Lea, wenn seine Freundin hier oben neben mir sitzt? Und warum sieht Denise so gefrustet aus und kippt Bacardi in sich rein, als wäre es Limo? Da wird's doch wohl nicht etwa Ärger gegeben haben? Das wäre ja zu geil. Dann hätte ich am Ende vielleicht doch noch eine Chance? Einen Versuch ist es wert, oder? Ich hab ja schließlich nichts mehr zu verlieren. Und wenn es nicht klappt, leere ich einfach die Flasche Bacardi, das macht dann auch nichts mehr.

Okay, reiß dich zusammen, Benny! Wie war das noch mit den Tipps von Lea? Ach ja, genau, jetzt weiß ich's wieder. Also, los!

»Sag mal, hast du *Herr der Ringe* gesehen?«

Mist, mir ist auf die Schnelle nichts Besseres eingefallen. Ich hätte doch eher einen Liebesfilm oder so nehmen sollen, dann wäre man ja quasi gleich beim Thema. Oder vielleicht ... Hey, was wird das denn? Sie rückt ganz nah an mich ran. Sie legt eine Hand um meinen Hals. Ihr Gesicht bewegt sich auf meins zu. Ihre Lippen berühren meine. Sie küsst mich. Sie küsst mich? Denise küsst mich? Was geht denn jetzt ab? Dass Leas Tipp so gut funktioniert, hätte ich nun echt nicht erwartet. Aber egal warum und weshalb: Denise küsst mich! Meine Traumfrau küsst mich! Und wie! Ihre Lippen öffnen sich, ihre Zunge drängt meiner entgegen, ich glaube, mir wird schwindlig.

Ich schiebe vorsichtig meine Hand auf ihren Rücken, sie lässt mich. Ich ziehe sie enger an mich heran, wir küssen uns weiter, alles dreht sich.

Ihre Lippen lösen sich von meinen, ich öffne zaghaft die Augen und bete, dass ich das nicht alles nur träume. Ich sehe Denise und sie lächelt mich an. Ihr Mund öffnet sich, sehr gut, mehr Küsse, davon werde ich nie genug kriegen können. In Erwartung ihrer Lippen schließe ich wieder die Augen.

»Willst du ficken?«

Wie bitte, was? Das habe ich eben nicht wirklich gehört, oder? Nicht von dieser Stimme und nicht in dieser Deutlichkeit, das kann nicht sein. Oder?

Ich öffne die Augen wieder, Denise guckt mich fragend an.

»Hm?«, frage ich vorsichtig. »Hast du was gesagt?«

»Ob du Lust hast zu ficken, will ich wissen«, antwortet sie ungeduldig.

Also doch, ich habe mich nicht verhört. Und jetzt erwartet sie tatsächlich eine Antwort darauf. Was für eine Frage! Natürlich will ich mit ihr schlafen! Aber wenn es nach mir ginge, hätte das ruhig noch ein paar Tage Zeit. Ich dachte, man kommt sich so langsam etwas näher, immer ein bisschen mehr, und irgendwann schläft man dann auch miteinander, alles zu seiner Zeit. Nicht, dass ich nicht schon mehr als einmal davon geträumt hätte. Aber jetzt gleich, sofort? So ganz ohne Vorbereitung? Das ist eigentlich absolut nicht mein Fall. Andererseits, ich kann jetzt ja wohl schlecht Nein sagen. Ich meine, da liegt einem schon mal die Traumfrau in den Armen, wir haben uns gerade geküsst und dann fragt sie, ob ich mit ihr schlafen will, und ich sage einfach Nein? Das kann ich nicht bringen, dann war's das wahrscheinlich endgültig mit meiner Traumfrau. Außerdem, bis vor ein paar Minuten war sie für mich bereits quasi gestorben und ich hatte gar nichts. Jetzt will sie mit mir schlafen – auch wenn sie es etwas drastischer ausdrückt –, und ich müsste verrückt sein, ihr einen Korb zu geben. Und es ist ja auch nicht gerade so, als müsste ich mich großartig dazu überwinden. Im Gegenteil, mein Körper hat mir eben beim Küssen explizit im Bereich der Leistengegend sehr eindeutig angezeigt, dass er absolut nichts dagegen einzuwenden hätte. Und soll man nicht öfter mal zum Wohle der eigenen Gesundheit einfach auf seinen Körper hören? Genau das mache ich jetzt auch.

»Okay.«

Sie löst sich lächelnd von mir, steht auf, packt mich am Arm und zieht mich hoch. Ich habe Schwierigkeiten, aufrecht stehen zu bleiben. Verdammt, ich hätte nicht so viel saufen sollen! Hoffentlich klappt das jetzt alles überhaupt, so wie es sollte.

Sie schlingt ihre Arme um mich, so ganz standfest ist sie auch nicht mehr, wir stützen uns quasi gegenseitig. Sie küsst mich noch einmal leidenschaftlich.

»Wo?«, fragt sie, als wir uns voneinander lösen.

»Oben?«, schlage ich vor.

»Hört sich gut an. Los, komm mit!«

Denise schnappt sich die Bacardi-Flasche vom Tisch, nimmt meine Hand und zieht mich aus dem Keller die Treppe hinauf.

Nico

»Wenn du es leicht willst, hättest du Denise nicht so abservieren sollen.«

»Denise interessiert mich aber nicht.«

Zumindest jetzt noch nicht. Erst mal interessieren mich meine hundert Euro, sonst nichts. Und ich bin nah dran, das spüre ich, langsam wird sie weich.

»Apropos Denise«, sagt sie mit verächtlichem Blick. »Guck mal da drüben.«

Sie nickt in Richtung Tisch, wo Denise gerade dabei ist, diesem Benny die Plomben aus dem Kiefer zu lutschen. Was soll das denn jetzt? Sieht mir sehr nach einem kläglichen Versuch aus, mich eifersüchtig zu machen. Das ist ja mehr als lächerlich. Als ob mir das etwas ausmachen würde. Wenn ich sie heute nicht flachlege, dann eben bei der nächsten Gelegenheit. Von wem sie sich in der Zwischenzeit einen wegstecken lässt, ist mir doch so was von egal, das ist einzig und allein ihr Problem.

»Siehst du«, sage ich. »Genau das ist es doch. Was soll ich denn bitte schön mit so einer? Die meint es doch niemals ernst. Und das ist genau das, was ich will: eine ernsthafte Beziehung, und das ist mit so einer kleinen, billigen Schlampe einfach nicht drin.«

»Das ist ja nun echt total widerlich«, sagen meine hundert Euro angefressen. »Da kann man ja gar nicht hingucken.«

Denise hat ihr Opfer in die Senkrechte gezogen und die beiden schlabbern sich jetzt schwankend im Stehen ab, wahrscheinlich damit ich es besser sehen kann.

»Die sind rotzbesoffen.« Ich schüttle angewidert den Kopf. »Echt ein Armutszeugnis.«

»Allerdings«, nickt Lea. »Das ist ekelhaft.«

»Absolut«, stimmt ich ihr zu. »Wobei ich zugeben muss, dass mich die Sache an sich schon ein bisschen neidisch macht.«

»Wie jetzt? Du hast doch gerade gesagt, du stehst nicht auf kleine, billige Schlampen?«

»Nein, tu ich ja auch nicht. Aber …«

»Das darf ja wohl nicht wahr sein!«, unterbricht sie mich. »Jetzt hauen die auch noch zusammen ab! Was wird das denn jetzt?«

Denise hat sich Benny geschnappt und ihn rausgezerrt. Ist ja wohl sonnenklar, was das jetzt wird. Die schieben ein Nümmerchen, was sonst.

»Ach, ist doch egal«, winke ich gleichgültig ab. »Lass sie doch, kein Grund, sich den Abend vermiesen zu lassen. Was geht uns das an?«

Ich rücke ein Stück näher an sie heran, sodass sich unsere Oberschenkel berühren.

»Und außerdem.« Ich beuge mich mit meinem allerbesten Lächeln ganz nah an ihr Gesicht. »Die tun jetzt nichts, was ich nicht auch gerne tun würde. Nur eben mit einer richtigen Klasse-Frau. Und davon gibt es nur eine einzige hier.«

Lächelnd warte ich auf ihre Reaktion. Sie sieht mich sehr skeptisch an und öffnet den Mund.

»Nein«, sage ich schnell und lege meinen Zeigefinger über ihre Lippen. »Sag jetzt noch nichts. Denk erst mal in aller Ruhe drüber nach. Ich muss sowieso mal kurz verschwinden.«

Ich erhebe mich von der Couch.

»Aber nicht weggehen, okay?«, setze ich nochmal mein Lächeln ein. »Und ich meine es wirklich verdammt ernst. Überleg's dir, ich bin gleich wieder da.«

Noch ein kurzer, schmachtender Blick zurück und ich verlasse den Keller. Die hundert Euro sind mir sicher. Das muss sich jetzt nur einen Augenblick lang bei ihr setzen und dann sagt sie sowieso Ja. War bis jetzt schließlich bei jeder so. Oh, Mann, ich freue mich schon tierisch auf Tommys dummes Gesicht, wenn ich Arm in Arm mit ihr nach oben verschwinde! Alleine das ist es wert, sich auf dieses hässliche, gerupfte Entlein einzulassen.

Denise

Hey, was gibt's denn da großartig zu überlegen? Ich habe dich gerade gefragt, ob du mit mir ficken willst! Eindeutiger kann ich's ja wohl nicht ausdrücken. Und diese Chance kriegst du kein zweites Mal!

»Okay«, nickt er endlich.

Na also, geht doch! Sind eigentlich alle Loser so langsam? Auch egal, so schnell werde ich nicht mehr in die Verlegenheit kommen, mir so einen angeln zu müssen. Obwohl der echt nicht unbedingt unsüß ist. Und er riecht wirklich sensationell. Oder habe ich einfach nur zu viel getrunken? Dieser Bacardi hat echt ganz schön reingehauen.

Ich stehe auf und ziehe ihn zu mir hoch. Der ist aber auch alles andere als nüchtern, so wie er schwankt. Oder bin ich das? Egal.

Noch ein kurzer Blick zu Nico. Er ist immer noch mit der Schreckschraube beschäftigt. Hey, siehst du das, Nico? Guck genau hin, das ist das, was du heute verpasst!

Benny umschlingend schiebe ich ihm meine Zunge in den Mund. Das ist nur für dich, Nico, du Arschloch. Immerhin, der Loser küsst nicht schlecht, wenigstens etwas. Mal gucken, wie er sich beim Rest anstellt. Vielleicht wird dieser Abend wenigstens so noch einigermaßen zufriedenstellend.

»Wo?«, frage ich.

»Oben?«

»Hört sich gut an. Los, komm mit!«

Der Bacardi muss auch mit, falls er nicht locker genug ist. Ich ziehe ihn hinter mir die Treppe hoch.

Wir kommen an der Küche vorbei, in der jede Menge Leute rumstehen. Irgendjemand grüßt Benny, er hebt nur kurz die Hand und lässt sich von mir weiterziehen.

Im oberen Stockwerk öffne ich die erste Tür, die mir begegnet.

»Nein, nicht da«, sagt Benny. »Das ist das Schlafzimmer meiner Eltern.«

»Na und? Ist doch perfekt, das Bett ist riesig.«

»Okay, von mir aus.«

Ich schließe die Tür hinter uns und werfe die Bacardi-Flasche aufs Bett. Benny fängt im Stehen an mich zu küssen und vorsichtig an mir rumzufummeln. Oh, Mann, ich habe jetzt echt keine Lust auf langes Vorspiel. Ich schiebe ihn an den Rand des Betts und schubse ihn drauf. Dann schlüpfe ich schnell aus meinem Slip, setze mich auf seine Beine und öffne seine Jeans. Er beugt sich nach vorne, küsst mich wieder, schiebt mein Oberteil hoch und befummelt meine Brüste. Ich schubse ihn zurück, ziehe seine Jeans samt Unterhose bis zu den Knien herunter und rutsche ein Stück nach oben.

»Du bist wunderschön, Denise«, lächelt er mich an.

Ja, ich weiß. Und du riechst immer noch fantastisch. Aber das ist jetzt nicht die Zeit zum Quatschen.

Ich fingere nach der Bacardi-Flasche, nehme einen Schluck, halte sie ihm danach an die Lippen und lasse etwas in seinen Mund laufen. Natürlich geht die Hälfte daneben, Benny lacht. Genug gealbert, kommen wir zur Sache. Ich schiebe meinen Rock nach oben und bringe mich über ihm in Position.

»Warte!«, sagt er. »Ich habe drüben Kondome!«

Ja, genau, das hat mir jetzt gerade noch gefehlt. Abbrechen und darauf warten, bis er sein Kondom geholt und angelegt hat. Dann ist der letzte Rest Stimmung bei mir futsch. Aber Moment, ich habe doch selbst Kondome dabei! Ach, Mist, ich habe meine Tasche unten vergessen. Okay, auch egal.

»Kein Problem«, sage ich. »Ich nehm die Pille.«

Zumindest, wenn ich dran denke. Aber das ist bis jetzt noch immer gut gegangen, da passiert schon nichts.

»Und was ist mit Aids?«, fragt er.

Das auch noch! Soll ich vielleicht erst noch irgendein Formular ausfüllen, bis es endlich mal losgehen kann?

»Sehe ich etwa aus, als hätte ich Aids?«, erwidere ich.

»Nein, natürlich nicht, aber …«

»Na also!«, würge ich ihn ab. »Hast du Aids?«

»Nein, nicht dass ich wüsste, aber …«

»Prima, dann ist doch alles in Ordnung! Können wir dann anfangen, oder willst du erst noch meinen Frauenarzt anrufen?«

Ich beuge mich nach vorne und hindere ihn mit einem Kuss am weiterquatschen. Na, endlich, es kann losgehen. Ich setze mich auf ihn und fange an. Er grinst wie ein Honigkuchenpferd. Müssen Typen eigentlich immer die dämlichsten Gesichter machen, wenn sie es tun? Das ist echt total abtörnend. Ich schließe die Augen und konzentriere mich ganz auf meine Sache. Ich beschleunige das Tempo. Ja, das ist besser, noch schneller. Oh, Scheiße, was ist das denn? Das fühlt sich gar nicht gut an. Mir wird schwindelig, alles dreht sich. Ich höre auf und öffne die Augen. Benny hat immer noch dieses dümmliche Grinsen im Gesicht.

»Denise«, flüstert er. »Ich liebe dich.«

Ach, du Scheiße! Ich glaube, ich muss …

Lea

»Aber nicht weggehen, okay? Und ich meine es wirklich verdammt ernst. Überleg's dir, ich bin gleich wieder da.«

Wie bitte, was? Hab ich das eben richtig mitgekriegt? Hat mich dieser Typ tatsächlich quasi gefragt, ob ich mit ihm schlafen will? Nein, das kann nicht sein. Oder doch? Was genau hat er gesagt? Ich bin noch viel zu sehr damit beschäftigt, mich über Benny und die Heyderich aufzuregen. Das ist ja wohl der größte Hammer heute Abend. Von wegen Matze will was von einer der Tussis. Er hat mich glatt angelogen, und das tut gerade sauweh. Wie konnte ich mich nur dermaßen in ihm täuschen? Ich meine, schon klar, er muss sich ja nicht unbedingt in mich verlieben, so was lässt sich nicht erzwingen. Aber dass er dann ausgerechnet mit der Heyderich abzieht, das ist mehr als ein Schlag ins Gesicht. Und warum hat er das nicht gleich gesagt? Klar, dann wäre ich total gefrustet gewesen und wahrscheinlich längst zu Hause, aber ich wäre

mir wenigstens nicht so verarscht vorgekommen. Mein Gott war ich blöd. Warum habe ich das nicht gleich durchschaut? Holt sich von mir Anbagger-Tipps, schiebt

Matze dabei vor, und in Wirklichkeit ging es nur um ihn und diese …

»Mach es nicht«, reißt mich eine Stimme plötzlich aus meinen Gedanken.

Ich schaue hoch und sehe Tommy, der sich zu mir herunterbeugt.

Ich starre ihn verwirrt an.

»Dreißig Euro, wenn du es nicht machst«, flüstert er mir zu.

Wie? Kapier ich nicht. Was soll ich nicht machen? Was will dieser Kerl von mir?

»Na gut, vierzig!«, drängt er flüsternd weiter. »Du kriegst vierzig, okay?«

»Okay, nichts dagegen«, sage ich immer noch verwirrt. »Aber wofür denn?«

»Na, dafür, dass du dich nicht von Nico vögeln lässt, natürlich!«, zischt er ungeduldig zu mir herunter.

Aha, okay. Also hat Nico mich tatsächlich gefragt, ob ich mit ihm schlafen will, habe ich es doch richtig verstanden. Und das kann er sich selbstverständlich gleich mal abschminken, nie im Leben würde ich mit einem Typ wie Nico schlafen, das versteht sich von ganz alleine. Aber warum mir Tommy jetzt dafür auch noch Geld anbietet, das begreife ich nun überhaupt nicht.

»Sorry, kapier ich nicht. Wieso willst du mir vierzig Euro geben, damit ich deinem besten Kumpel eine Abfuhr erteile? Das macht doch irgendwie keinen Sinn.«

»Na, weil es mich sonst hundert Euro kostet! Ist ja wohl logisch, oder?«

Ach so, ja klar, superlogisch! Und warum bin ich dann jetzt noch verwirrter als vorher?

»Ich habe absolut keine Ahnung, wovon du redest. Was ist mit hundert Euro?«

»Die verliere ich, wenn du ihn ranlässt!«, zischt er und schaut nervös zur Tür. »Nico und ich haben 'ne Wette laufen. Er hat gesagt, er kann jede flachlegen, ich hab gesagt, dich kriegt er nicht. Jetzt kapiert?«

Oh ja, und wie! Ich wusste doch, da ist irgendwas faul. Das erklärt alles.

»Und?«, drängt Tommy. »Wie sieht's aus? Er kommt bestimmt jeden Augenblick zurück. Bist du für vierzig Euro dabei?«

»Fünfzig«, sage ich bestimmt. »Unter fünfzig geht da gar nichts.«

»Fünfzig?«, entgegnet er empört. »Komm, du musst doch gar nichts machen! Fünfzig sind echt zu viel!«

»Hey, ich verzichte ja wohl auf was! Ich habe mich schon auf 'ne heiße Nummer mit Nico eingestellt. Und er ist ja wohl mal superlecker. Wenn ich darauf verzichten soll, musst du schon fünfzig lockermachen.«

»Aber dann bleiben ja nur noch fünfzig für mich!«, beschwert er sich.

»Cool, du kannst ja schon durch zwei teilen! Also, was ist? Entweder fünfzig oder ich fange schon mal an, mich auszuziehen.«

»Okay, okay!«, lenkt er ein. »Fünfzig, abgemacht! Kann ich dir aber erst geben, wenn ich die Kohle von ihm habe.«

»Daran soll's nicht scheitern.«

»Gut, abgemacht.« Er streckt mir seine Hand entgegen. »Hand drauf!«

»Hand drauf«, schlage ich ein. »Und jetzt verschwinde besser schnell, bevor er zurückkommt.«

»Klaro«, zwinkert er mir noch zu und geht zurück an die Anlage.

So, so, eine Wette. Eigentlich müsste ich jetzt beleidigt sein. Bin ich aber nicht. Ich wusste ja die ganze Zeit, dass da was nicht stimmen kann. Und ich hätte so oder so niemals mit ihm geschlafen. Und jetzt gehe ich hier sogar noch mit fünfzig Euro raus, wenigstens etwas. Oh, er kommt zurück!

Benny

Oh ja, das ist es, davon habe ich immer geträumt. Denise sitzt auf mir, und sie ist so wunderschön und so verdammt sexy ... der Himmel auf Erden. Okay, ich hätte nichts dagegen gehabt, wenn das Ganze etwas romantischer abgelaufen wäre, nicht so zack-zack und gänzlich ohne Streicheleinheiten und mit noch fast allen Klamotten an, aber vielleicht kommt das ja beim nächsten Mal. Egal, jetzt gerade ist es jedenfalls göttlich, wie sie auf und ab wippt und ihre Haare ihr Gesicht umspielen. Allein das gesehen zu haben, ist ein ganzes Leben wert.

Ob ich es ihr jetzt sage? Ich meine, ich muss es ihr sagen, nicht dass sie denkt, das wäre hier nur mal eine schnelle Nummer nebenbei. Sie muss wissen, dass ich es ernst meine, verdammt ernst, ernster als alles andere. Den ganzen Abend, bevor Nico aufgetaucht ist, habe ich auf den richtigen Moment gewartet, um es ihr zu sagen. Kann es einen perfekteren Moment geben als genau diesen hier? Wohl kaum. Also, los, raus damit!

Ich lächle ihr all mein Glück entgegen.

»Denise, ich liebe dich.«

Sie hört auf zu wippen. Ihre Augen öffnen sich. Ihr Oberkörper zieht sich plötzlich krampfhaft zusammen. Ein roter Schwall schießt aus ihrem Mund und klatscht mir genau ins Gesicht. Nein, das ist nun ganz und gar nicht die Reaktion, die ich mir erhofft hatte.

»Scheiße!«, flucht sie, kurz bevor sich eine weitere Welle über mich ergießt.

Ich versuche natürlich, ihr auszuweichen, aber Denises Schenkel halten mich fest umklammert. Ein ekliger Geruch steigt mir in die Nase. Moment mal, war da nicht irgendwas mit mir und wenn andere Leute kotzen? Genau, jetzt erinnere ich mich. Wenn andere Leute in meiner Gegenwart kotzen, wird mir auch immer schlecht. Und im selben Augenblick, als ich daran denke, hat mein Gehirn diese Information auch schon an meinen Magen weitergegeben. Ich versuche krampfhaft es noch zurückzuhalten, schaffe es aber nicht. Eine Mischung aus Bier und Bacardi schießt aus meinem Mund, und ich kann nichts anderes tun, als mich zur Seite zu drehen, damit Denise nichts abkriegt.

»Ey Mann, spinnst du?«, kreischt sie auf. »Meine Klamotten!«

Sie rutscht sprungartig von mir herunter und kippt dabei nach hinten vom Bett. Ich höre einen dumpfen Schlag und versuche mich vorsichtig aufzurichten und über den Bettrand einen Blick auf Denise zu werfen, kann sie aber nicht sehen.

»Denise?«, frage ich zaghaft. »Alles okay bei dir?«

»Du hast mich fast vollgekotzt, du Arschloch!«, dringt

ihre Stimme krächzend und alles andere als nett an mein Ohr.

Ihre Hände erscheinen auf dem Rand des Betts und sie zieht sich langsam nach oben. Als sie schließlich steht, sieht sie nicht mich an, sondern begutachtet panisch ihren Rock.

»Wenn da auch nur ein Fleck drauf ist, zahlst du die Reinigung!«

»Hallo?«, sage ich und strecke beide Arme seitlich von mir. »Wenn du mal einen Blick hier drauf werfen möchtest? Ich habe wenigstens noch versucht, dich nicht zu treffen, was man von dir nicht gerade behaupten kann.«

»Was hätte ich denn machen sollen? Mich selbst vollkotzen? Du musst nur kurz das T-Shirt wechseln, das ist ja wohl halb so wild! Stell dich nicht so an, du Penner!«

»Du hast nichts abgekriegt! Keinen Spritzer! Und ich liege hier und schwimme quasi in einem halb verdautem Wodka-Kirsch-Meer! Wenn hier einer Grund hätte, sich anzustellen, dann ja wohl ich!«

»Heul doch, du Jammerlappen«, sagt sie verächtlich.

Moment mal, ganz langsam, die Richtung, in die das jetzt geht, gefällt mir überhaupt nicht. Immerhin haben wir uns eben gerade noch heftigst geliebt. Ich will mich nicht mit ihr streiten, im Gegenteil, ich will da weitermachen, wo wir aufgehört haben.

»Hey«, lächle ich versöhnlich. »Ist doch nichts passiert, oder? Vergessen wir das Ganze einfach am besten. Was hältst du davon, wenn ich kurz unter die Dusche springe und wir dann rüber in mein Zimmer gehen?«

»Was?«

Sie lacht hysterisch los.

»Das ist jetzt nicht dein Ernst, oder? Aber sonst geht's noch? Du glaubst doch wohl nicht wirklich, dass ich einen, den ich selbst vollgekotzt habe, im Leben noch mal anfassen werde!«

Wie bitte? Was soll das denn jetzt? Das kann nicht sein, das geht doch nicht, nein!

»Ja, aber ich … Ich dachte, das mit uns wäre … Ich meine, du hast doch … Wir haben doch … Das war doch so schön eben!«

»Schön? Das war noch nicht mal annähernd gut, von schön ganz zu schweigen!«

»Ja, aber … aber, Denise! Ich liebe dich doch!«

»Das ist nun wirklich nicht mein Problem.« Mit einem eiskalten Blick streift sie ihren Rock glatt und zupft sich die Haare zurecht. »Aber das passt zu dir. Liebe ist was für Loser.«

Sie öffnet die Tür und verlässt das Schlafzimmer, ohne sich noch einmal umzudrehen.

Wie jetzt? Das war's? Vorbei, bevor es überhaupt richtig angefangen hat? Liebe ist was für Loser? Ich bin ein Loser? Ja, das bin ich wohl. Und so fühle ich mich auch. Wie ein Loser, dem man gerade ins Gesicht gekotzt hat. Ich lasse seufzend meinen Kopf aufs Kissen sinken und spüre die Feuchtigkeit in meine Haare dringen. Ja, das passt wohl. Wie man sich bettet, so liegt man.

Nico

So, das müsste genug Zeit gewesen sein. Wenn sie jetzt nicht sofort mit mir für eine halbe Stunde verschwindet, wird es schwierig. Aber davon gehe ich mal nicht aus. Die kann schließlich mehr als froh sein, von einem Prachtkerl wie mir vernascht zu werden. Was tut man nicht alles für hundert Öcken und das gefrustete Gesicht eines Kumpels.

Ich betrete wieder den Keller und lege mein strahlendstes Lächeln auf. Sie lächelt auch, sehr gut, wusste ich's doch.

Tommy hat gerade einen etwas langsameren Song aufgelegt. Ich gehe auf sie zu und strecke ihr meine Hand entgegen.

»Komm, tanz mit mir«, fordere ich sie auf.

Sie zögert kurz, steht dann aber auf. Ich ziehe sie an mich, wobei die Bierflasche, die sie noch in der Hand hat, stört, aber egal. Ich schiebe meine Hand auf ihren Hintern – sie beschwert sich nicht, sehr gut, das wird ein Kinderspiel. Ich drücke sie etwas fester an mich. Okay, nicht schlecht, die Titten, das könnte sogar ein bisschen Spaß machen. Ein Blick zu Tommy, ich grinse ihn an, er grinst zurück. Dir wird das Grinsen gleich noch vergehen, mein Freund. Ich kann die hundert Euro schon in meiner Hand knistern hören. Zeit für den letzten Angriff.

»Und?«, flüstere ich ihr ins Ohr. »Hast du über meinen Vorschlag nachgedacht?«

»Vorschlag?«, erwidert sie leise. »Was denn für ein Vorschlag?«

Ja, genau. Sie weiß verdammt gut, was ich meine. Sie will nur noch ein bisschen spielen. Aber okay, soll mir recht sein.

»Na, du weißt schon«, sage ich. »Du und ich, wir zwei, jetzt gleich.«

»Ach so, dieser Vorschlag.« Sie löst sich ein kleines Stück von mir und schaut mir lächelnd in die Augen. »Ja, darüber habe ich nachgedacht.«

»Aha. Und zu welchem Ergebnis bist du gekommen?«

»Das wirst du schon merken. Jetzt gleich, hast du gesagt?«

»Von mir aus sofort.«

»Okay.«

Sie greift mit der Hand an meinen Hosenbund. Hey, die geht ja ganz schön ran! So langsam kriege ich sogar richtig Lust drauf, mit ihr in die Kiste zu steigen.

»Aber doch nicht hier, oder?« Ich lächle sie an. »Lass uns hochgehen, da ist bestimmt irgendwo ein Bett frei.«

Denise

»Das ist nun wirklich nicht mein Problem. Aber das passt zu dir. Liebe ist was für Loser.«

Ist doch wahr. Er liebt mich, so ein Schwachsinn. Wenn ich das schon höre, dieser Loser. Liegt da in meiner Kotze, riecht dementsprechend ganz und gar nicht mehr gut und sagt, er liebt mich. Männer ticken doch echt nicht mehr ganz richtig. Nichts wie raus hier, und zwar schnell, sonst kommt es mir gleich wieder hoch.

Draußen atme ich erst mal tief durch. Mir wird leicht schwindlig, ich halte mich am Treppengeländer fest und gehe ganz langsam nach unten. Erst mal Toilette, ich sehe bestimmt fürchterlich aus.

Am Treppenabsatz biege ich nach links ab, werde aber von einer Gruppe Mädels vor der Toilettentür abgebremst. Mist, besetzt, immer das Gleiche auf Partys, irgendwann stapelt sich alles vor der Pipibox. Die Mädels schnattern wild durcheinander, hören aber abrupt damit auf, als sie mich entdecken. Okay, alles klar, da war ich wohl mal wieder Thema, und es war mit Sicherheit nichts Gutes, was sie zu sagen hatten.

»Tut euch keinen Zwang an«, sage ich. »Es gibt nichts, was ich noch nicht über mich gehört hätte.«

Sie drehen alle ihre Köpfe zur Seite oder starren auf den Boden, ein paar von ihnen werden ganz offensichtlich rot.

»Hey, ich bin's doch nur, die Schlampe vom Dienst!«, mache ich herausfordernd weiter. »Und ich habe gerade den Gastgeber gevögelt! Oh, sorry, ich vergaß! Ihr wisst ja gar nicht, was das ist. Na ja, macht auch nichts, das lernt ihr schon noch irgendwann. Fragt mal eure Eltern, die müssen das irgendwann schon mal gemacht haben, sonst wärt ihr schließlich jetzt nicht hier, um euch das Maul über mich zu zerreißen.«

Ihre Köpfe sinken noch tiefer. Ja, gar nicht so leicht, über jemanden herzuziehen, wenn er direkt neben euch steht, was?

Die Toilettentür öffnet sich, ein weiteres Mädel kommt heraus.

»Und wisst ihr, was die Heyderich neulich auf dem Schulhof gebracht hat?«, plappert sie drauflos in die Runde.

»Nein«, sage ich. »Keine Ahnung. Aber das interessiert mich brennend! Wenn du noch kurz warten könntest, diese Geschichte muss ich unbedingt hören!«

Sie starrt mich mit knallrotem Kopf an.

»Kleinen Augenblick nur!«, sage ich und schiebe mich an ihr vorbei in die Toilette. »Bin gleich wieder da! Aber nicht vorher erzählen, ja?«

Ich schließe die Tür hinter mir und lasse eine beklemmt

schweigende Meute Mädels zurück. Früher hätte mich so was tierisch aufgeregt, aber mittlerweile weiß ich, wie ich damit umzugehen habe. Sollen sie doch lästern, die haben doch alle gar keine Ahnung und ein so langweiliges Leben, dass sie sich über andere Leute aufregen müssen, nur um überhaupt etwas zu tun zu haben.

Ein Blick in den Spiegel. Oh, Shit, das sieht ja echt zum Fürchten aus. Und meine Tasche ist unten, Mist.

Ich bessere mit Wasser aus, was geht. Okay, jetzt sieht es zumindest nicht mehr so aus, als hätte ich eine Stunde im Regen gestanden. Ich zupfe mir die Haare noch ein bisschen zurecht und öffne die Tür. Ha! Niemand mehr da, das dachte ich mir schon.

Was jetzt? Genau, ich muss unbedingt diesen fiesen Geschmack im Mund loswerden.

In der Küche ist die Hölle los, in der Zwischenzeit sind anscheinend noch eine ganze Menge Leute gekommen.

Ein paar Jungs starren mich lüstern an. Sehr gut, mein Outfit scheint wieder intakt zu sein. Ich sehe offensichtlich nicht so aus, wie ich mich fühle.

Die Mädels von eben stehen in einer Ecke und verstummen sofort, als sie mich sehen. Ich zwinkere ihnen zu, schlängele mich zum Kühlschrank durch und öffne ihn. Was Süßes, ich brauche jetzt irgendwas Süßes gegen den bitteren Geschmack. Ah, ja, das ist perfekt, süßer geht's kaum. Ich schnappe mir die Flasche Erdbeer-Lime, schraube sie auf und nehme einen vorsichtigen Schluck. Okay, scheint unten zu bleiben.

Trotzdem ist mir immer noch leicht schwindlig. Ich

muss mich setzen. Mist, die einzigen drei Stühle sind natürlich belegt. Ich klemme mir die Flasche unter den Arm und mache mich auf den Weg nach unten, da finde ich bestimmt einen Platz. Hoffentlich sind Nico und diese Schnalle nicht mehr da, auf diesen Anblick habe ich jetzt echt keine Lust mehr, der Abend war schlimm genug bis jetzt.

Lea

»Jetzt gleich, hast du gesagt?«

»Von mir aus sofort.«

»Okay.«

Ich greife mit einer Hand an seinen Hosenbund und ziehe ihn nach vorne.

»Aber doch nicht hier, oder?«, grinst er schmierig. »Lass uns hochgehen, da ist bestimmt irgendwo ein Bett frei.«

»Nicht nötig. Das können wir auch gleich jetzt und hier erledigen.«

Ich drehe meine Bierflasche um und stecke sie ihm schneller, als er gucken kann, mit dem Hals nach unten vorne in die Hose. Sein Schritt färbt sich sofort dunkel, die Flasche war noch mehr als halb voll.

»Ey, spinnst du?«, schreit er auf und zieht panisch die Flasche aus der Hose, wobei immer noch etwas herausläuft und die Jeans von außen bekleckert. »Du tickst wohl nicht mehr ganz richtig!«

Ich trete drei Schritte zurück, zeige auf seine Hose und fange laut an zu lachen. Natürlich schauen alle anderen sofort, was es hier zu lachen gibt, und es dauert keine zehn Sekunden, bis sich der ganze Keller mit Gelächter füllt. Nico steht wie angewurzelt da und läuft knallrot an. So hat ihn noch keiner gesehen, das ist echt ein Fest.

Tommy geht mit einem besonders schadenfrohen Grinsen auf Nico zu.

»Alter!«, sagt er. »Wegen den hundert Euro hättest du dich jetzt aber nicht gleich nass machen müssen! Ich geb dir gerne zwei Wochen Zeit, um die Kohle aufzutreiben.«

»Und ich geb dir gerne was auf's Maul! Das ist echt nicht witzig, verfluchte Scheiße!«

»Ach«, sage ich. »Ist doch alles halb so wild. Weißt du, wie du das ganz schnell wieder trocken kriegst? Ein bisschen heiße Luft. Und davon kommt ja mehr als genug aus deinem Mund, musst dich also nur bücken und kräftig pusten.«

Tommy fängt noch lauter als vorher an zu lachen und klatscht sich auf die Schenkel.

»Was lachst du denn da so blöd, du Arschloch?«, keift Nico ihn an.

»Ich …«, japst Tommy. »Ich stelle mir nur gerade vor, wie du dich bückst und da unten pustest! Komm, versuch's doch mal! Bitte, nur für mich! Nur ein einziges Mal pusten!«

Tommy macht mit seinem Mund Pustbewegungen und lacht sich dabei immer mehr schlapp.

»Ach, weißt du«, sagt Nico mit einem höhnischen Unterton. »Wenn ich jemanden brauche, der da unten pustet, frage ich einfach deine Schwester. Die weiß nämlich ganz genau, wie das geht, die hat das schon mal gemacht.«

Tommy bleibt das Lachen urplötzlich im Hals stecken.

»Wisst ihr was? Ihr könnt mich alle mal!«, brüllt Nico und watschelt breitbeinig aus dem Keller. »War von Anfang an 'ne Scheiß-Party!«

Benny

Das hat doch keinen Sinn. Das alles hat einfach keinen Sinn. Ich liege hier im vollgekotzten Bett meiner Eltern und würde am liebsten nur noch heulen. Tolle Party, Benny. Hast du gut gemacht. Und unten amüsieren sich alle bis zum Abwinken.

Nein, so nicht. Reiß dich gefälligst zusammen, Benny! Das ist deine Party! Steh auf, geh da runter und hab Spaß! Deswegen sind doch alle hier, um Spaß zu haben. Lass dir nicht von einer geplatzten Traumfrau den Spaß verderben, das ist sie nicht wert!

Blöde Denise, blöde. Es hätte so schön, so perfekt werden können. Aber sie hat nur mit mir gespielt. Tolles Spiel. Sie wusste von Anfang an, dass ich dabei verlieren würde. Und wie ich verloren habe. Das war die bitterste Niederlage meines Lebens. Und sie tut scheißweh.

Hilft ja alles nichts, ich kann schlecht für den Rest der Nacht hier liegen bleiben und mich selbst bemitleiden. Okay, ich werde mich jetzt aufraffen, runtergehen und mich von jemand anderem bemitleiden lassen. Ja, das ist bestimmt besser.

Ich rutsche vom Bett und werfe einen Blick auf das Desaster, das meine Niederlage hinterlassen hat. Ach du Scheiße, ein knallrotes Schlachtfeld. Und wenn das bis auf die Matratze durch ist, bin ich geliefert, das geht nie wieder raus. Egal, das hat Zeit bis morgen, bringt jetzt eh nichts mehr.

Ich gehe aus dem Schlafzimmer, betrete den Flur und schaue in den großen Spiegel, der dort hängt. Mein T-Shirt ist total versaut. Shit, so kann ich echt nicht runtergehen. Oder doch? Das erhöht mit Sicherheit den Mitleidsfaktor. Nein, das kann ich echt keinem zumuten. Eigentlich müsste ich erst mal duschen, aber das ist mir jetzt zu viel Akt.

Nach einem kurzen Abstecher in mein Zimmer, um das T-Shirt zu wechseln, gehe ich zurück nach unten.

Fuck, wer sind denn all die Leute in der Küche? Ein paar davon kenne ich, die meisten habe ich noch nie gesehen. Vor allem die zwei Typen da, die sich gerade mit diesem Idioten von Elzenheimer eine Nudelsalat-Schlacht liefern.

»Hey, Ronnie! Das muss doch echt nicht sein, oder?«, pflaume ich ihn an.

»Nö, muss nicht«, starrt er mit glasigen Augen kurz in meine Richtung. »Macht aber trotzdem Spaß!« Dreckig lachend feuert er die nächste Salve Nudelsalat ab.

Ach, von mir aus, auch egal, hab jetzt keinen Bock, mich mit ihm rumzustreiten. Muss ja morgen sowieso alles sauber machen, es gibt Wichtigeres.

Erst mal ein Bier. Keine harten Sachen mehr heute und

vor allem nie wieder Bacardi. Meine Kehle brennt jetzt noch vom Rückweg dieses Zeugs.

Ich nehme einen Schluck, ja, das tut gut, schön kühl. Ich gucke mich um. Mist. Nicht nur, dass ich hier kaum jemanden kenne, es ist auch niemand da, dem ich mein Herz ausschütten und der mich dafür ordentlich bemitleiden könnte. Am besten ich probier's mal unten, da ist bestimmt einer, Matze, zum Beispiel, der wäre perfekt.

Auf der Treppe kommt mir ausgerechnet Denise entgegen. Na, super, muss das jetzt sein? Was mache ich denn jetzt? Sie ignorieren? Sie böse anfunkeln? Nein, das ist ja auch albern, diese Blöße gebe ich mir nicht, da stehe ich doch drüber.

Ein Lächeln, als sie fast auf meiner Höhe ist.

»Lass mich durch, du Penner!«, zischt sie wütend und schubst mich zur Seite, ohne auch nur einen Blick auf mich zu werfen.

Hey, jetzt hab ich aber wirklich langsam die Schnauze voll! Die hat ja wohl völlig einen an der Klatsche! Reicht es nicht, mich erst verführt, dann vollgekotzt und danach in die Tonne geworfen zu haben? Ich glaub's ja wohl nicht, was muss ich mir denn noch alles gefallen lassen?

Nach einem geeigneten Kraftausdruck suchend, den ich ihr hinterherrufen könnte, höre ich bereits die Haustür mit einem Knall ins Schloss fallen. Okay, prima, soll mir recht sein! Verschwinde! Verschwinde von meiner Party! Verschwinde aus meinem Leben! Und zwar für immer! Frauen haben sie doch echt nicht mehr alle, so viel steht einwandfrei fest!

Ich gehe weiter runter, betrete den Partyraum und halte Ausschau nach Matze. Ah, da ist er ja, allerdings eng umkeilt von ein paar anderen. Mist, da komme ich jetzt schlecht ran. Ich versuche seinen Blick auf mich zu lenken, aber er sieht mich nicht. Na, toll, da braucht man mal seinen besten Freund, um sich auszuheulen, und er hat nichts Besseres zu tun, als einen zu ignorieren. Aber okay, ich brauche dich nicht, ich finde schon noch jemand anderen, der mich bemitleidet, mit Sicherheit. Ah, da ist doch schon jemand. Lea sitzt alleine auf der Couch und raucht. Lea, meine beste, meine einzige Freundin Lea. Das ist jetzt genau die Richtige, sie wird mich verstehen, und sie wird mich bemitleiden, auf Lea ist immer Verlass.

»Hi!«, sage ich und lasse mich neben sie auf die Couch plumpsen. »Sag mal, warum sind eigentlich alle Frauen so Scheiße?«

Denise

Ich gehe die Treppe zum Keller herunter, als ich von dort plötzlich eine laute Stimme höre.

»Ja, und? Deswegen geht es dich noch lang nichts an, mit wem ich Sex habe!«

Oha, da ist aber jemand sauer. Die Stimme kenne ich doch, ist das nicht Moni?

»Wenn es mein bester Kumpel und ein verdammter Rumficker ist, geht mich das sehr wohl was an!«

Und das ist ganz eindeutig Tommy.

Moment mal, wie war das? Moni hat mit Tommys bestem Kumpel gevögelt? Das wäre dann ja wohl ... Du blödes Miststück! Das glaub ich ja wohl jetzt echt nicht. Moni hat es mit Nico gemacht. Und sie hat mir keinen Ton davon gesagt. Na warte, das wirst du mir büßen.

Ich fülle meinen Mund mit Erdbeer-Lime, gehe auf sie zu, tippe ihr auf die Schulter und spucke ihr die volle Ladung mitten in ihre hässliche Fratze.

»Du blöde Schlampe«, sage ich noch, drehe mich um, schnappe mir meine Tasche und bin weg, bevor sie noch richtig weiß, was passiert ist.

Das reicht, ich habe echt genug von dieser Scheiß-Party. Erst Nico mit der EMO-Schnalle, dann das Fiasko mit dem Loser und jetzt erfahre ich noch so ganz nebenbei, dass es meine angeblich beste Freundin mit ausgerechnet dem Typ, auf den ich es abgesehen hatte, getrieben hat.

Ich muss hier raus und zwar schleunigst. Wenn sich nur nicht alles so tierisch drehen würde. Eins steht fest: nie wieder Alkohol! Zumindest nicht bis zur nächsten Party. Als ich die Treppe hochgehe, kommt mir Benny entgegen und grinst mich dämlich an. Was will der denn jetzt noch? Ich habe ihn vollgekotzt, reicht das nicht?

»Lass mich durch, du Penner!«, pflaume ich ihn an und schiebe mich an ihm vorbei. Ich öffne die Haustür, schwinge sie kräftig hinter mir zu und laufe los. Aus den Augenwinkeln sehe ich, dass irgendjemand auf der Treppe sitzt.

Nur weg hier. Die können mir echt alle mal gestohlen bleiben. Morgen suche ich mir eine neue beste Freundin. Und dann … Oh, Shit! Was ist das denn jetzt? Ich verliere das Gleichgewicht. Scheißschuhe! Ich versuche mich noch abzufangen, umsonst. Ich lande auf dem Rasen. Aua, genau auf die Hüfte! Verfluchter Mist aber auch! Hoffentlich ist meinem Rock nichts …

»Na, Süße«, ertönt plötzlich eine Stimme über mir. »Probleme mit der Schwerkraft?«

 Ich drehe meinen Kopf nach oben. Oh, Scheiße, wo kommt der denn auf einmal her? Und warum sieht er so aus, als hätte er sich gerade in die Hose gemacht?

»Na, Klasse!«, sage ich. »Du hast mir ja gerade noch gefehlt!«

»Das freut mich zu hören.«

»Komm, verpiss dich! Lass mich in Ruhe.«

»Hey Süße, was soll das? Warum denn so unfreundlich auf einmal? Das hat sich vorhin aber noch ganz anders angehört.«

»Ich glaube, da verwechselst du mich mit deiner neuen Flamme. Ich war die, der du gesagt hast, sie soll verschwinden und mit sich selbst tanzen.«

»Oh, das!«

Er kratzt sich verlegen am Kopf.

»Erinnere mich bloß nicht daran. Würdest du mir glauben, wenn ich sage, das war eine rein geschäftliche Angelegenheit?«

Ja, genau, geschäftlich. Verarschen kann ich mich alleine.

»Mit Sicherheit nicht«, antworte ich.

»Nee, echt jetzt!«, wehrt er sich. »Es ging um 'ne Wette, sonst nichts! Du glaubst doch nicht im Ernst, dass ich freiwillig was mit dieser Schreckschraube anfangen würde. Vor allem nicht, wenn so ein Prachtstück wie du in der Nähe ist. Glaub mir, ich hätte mich viel lieber ausführlich mit dir beschäftigt, aber es ging um jede Menge Kohle.«

So, so, eine Wette also. Gut, das würde einiges erklären. Trotzdem hätte er mich ja nicht so mies abblitzen lassen müssen.

Er streckt mir seine Hand entgegen, um mir hochzuhelfen. Ich greife sie, er zieht mich nach oben und ganz dicht an sich heran.

»Und?«, frage ich und zupfe Gras von meinen Armen. »Hast du gewonnen?«

»Nein«, antwortet er. »So würde ich das nicht unbedingt nennen. Aber vielleicht gibt es ja jetzt noch was für mich zu gewinnen?«

Aha, so läuft der Hase also. Der macht es sich ja ganz schön leicht. Na ja, er kann es sich auch leisten. Und, hey, warum denn nicht? Dann hätte dieser Abend doch noch ein gutes Ende und ich genau das, was ich sowieso die ganze Zeit wollte.

»Ich weiß nicht«, lächle ich ihn herausfordernd an. »Was schwebt dir denn da so vor?«

»Ach, weißt du«, er schiebt mich ein paar Schritte rückwärts, »ich hätte da schon so eine Idee.«

Plötzlich spüre ich einen Baum in meinem Rücken.

»Und die wäre?«, frage ich.

»Na ja«, lächelt er und rückt dabei meinem Mund immer näher. »Wie wäre es denn zum Beispiel hiermit für den Anfang?«

Er küsst mich, und dieser Kuss zeigt sofort, wo es langgehen soll. Kein albernes Rumgespiele, gleich richtig zur Sache.

Das kann ich auch. Ich packe seinen Hals mit einer Hand und dränge ihm entgegen, als er plötzlich das Küssen abbricht.

»Bäh!«

Er verzieht angeekelt das Gesicht.

»Wonach schmeckt das denn?«

»Erdbeer-Lime?«, tue ich unschuldig.

»Nein, das wüsste ich.« Er schüttelt den Kopf. »Hast du etwa gekotzt?«

Mist! Ich dachte, das wäre mittlerweile weg.

»Ein bisschen«, gebe ich zu. »Nur ganz wenig. Aber wenigstens habe ich mir nicht in die Hose gemacht.«

»Das ist nur Bier«, grinst er. »Und wir müssen ja nicht unbedingt knutschen.«

Er zieht mir den Slip herunter, ich höre, wie er seinen Reißverschluss öffnet.

»Warte!«, sage ich. »Ich hab Kondome dabei!«

Und diesmal wird auch eins benutzt. Bei Benny war das ja okay, der war wahrscheinlich sogar noch Jungfrau, da war das Risiko, sich was einzufangen, sehr gering. Aber Nico ist doch ein anderes Kaliber. Von dem weiß man ja, dass er nichts anbrennen lässt. Außerdem möchte ich mit nichts direkt in Berührung kommen, was mal in dieser miesen Schlange Moni gesteckt hat.

Ich krame in meiner Tasche nach den Kondomen.

»Nee, komm, lass stecken!«, beschwert sich Nico. »Kein Bock auf 'ne Lümmeltüte, das macht echt keinen Spaß.«

»Entweder mit oder gar nicht«, sage ich bestimmt.

»Ey, komm«, drängt er sich gegen mich. »Das versaut doch jetzt die ganze romantische Stimmung.«

»Du kannst auch gerne ganz romantisch den Baum hier ficken«, erwidere ich. »Der macht's auch ohne Kondom, ich mit Sicherheit nicht!«

Er schiebt sich immer heftiger an mich ran. Okay, das reicht, das ist es nicht wert, noch nicht mal mit einem, den ich wirklich geil finde. Oder fand, besser gesagt. Da kann einer noch so gut aussehen, zwingen lasse ich mich zu gar nichts.

»Wenn du nicht sofort aufhörst«, zische ich ihn an und schiebe mein Knie zwischen seine Beine. »Kannst du in Zukunft nicht mehr nur an Ostern Eier suchen.«

Er lässt von mir ab und tritt zwei Schritte zurück.

»Okay, okay!«, sagt er abwehrend und schließt seine Hose wieder. »Dann mach's dir doch selbst, du Scheiß-Zicke!«

Er zeigt mir noch den Finger, dreht sich um und läuft los in Richtung Gartentor.

»Mach ich auch!«, rufe ich ihm hinterher. »Ich weiß wenigstens, wie's geht!«

Blödes Arschloch, blödes.

Ich ziehe meinen Slip hoch und meinen Rock nach unten. Okay, das war's jetzt aber endgültig für heute Abend. Alles, was ich jetzt noch will, ist nach Hause.

Ich laufe los, nach zwei Schritten versinkt mein Absatz in einem Erdloch und ich falle wieder hin. Au, mein Knie, verdammt! Jetzt reicht's aber langsam echt mal! Wieso läuft denn heute alles, aber auch wirklich alles schief? Das hab ich echt nicht verdient! Oh, nein, bitte nicht, nicht auch das noch! Ich betaste meinen Rock. Wenn das ein Riss ist, flippe ich aus. Oh, Mann, nein, das ist ein Riesenriss! Und auf der anderen Seite ist ein großer Grasfleck! Das Teil ist völlig im Arsch, das kriegt meine Mum nie wieder hin! Dieser verfluchte, verdammte Mist-Abend! Alles ist kaputt! Nico ist kaputt, Moni ist kaputt, mein Knie ist kaputt, der Rock, einfach alles! Ich könnte heulen!

Ich lasse mich seufzend nach hinten auf den Rasen sinken. Nein, du wirst jetzt nicht heulen, Denise! Du heulst nie! Nichts ist es wert, dass man deswegen heult! Die ersten Tränen kullern über mein Gesicht. Scheiß drauf. Nach so einem Abend kann man ruhig mal heulen, sieht ja schließlich keiner.

Lea

Ah, da ist ja der Herr Gastgeber wieder. Mann, sieht der fertig aus, total bleich. Und er hat ein anderes T-Shirt an, aha. Da ist ja dann wohl ganz eindeutig was gelaufen mit der Heyderich. Egal, abgehakt, das geht mich nichts mehr an, sein Problem.

Oh, nein, er steuert genau auf mich zu. Ich habe dich abgehakt, Junge! Ich will nichts mehr mit dir zu tun haben! Hörst du mich? Nein, ich denke wohl zu leise.

Er setzt sich neben mich.

»Hi!«, sagt er. »Sag mal, warum sind eigentlich alle Frauen so Scheiße?«

Hä? Was soll das denn jetzt?

»Außer dir, natürlich«, fügt er schnell hinzu. »Aber du zählst ja in diesem Fall nicht.«

Ja, das habe ich auch schon gemerkt. Was zum Teufel will er denn jetzt ausgerechnet von mir? Noch ein paar Tipps wegen dieser Tussi? Das wäre ja dann echt an Dreistigkeit nicht zu überbieten.

»Wie bitte? Was ist los? Wo zähle ich nicht?«

»Ach, nur so«, seufzt er. »Frauen sind alle Scheiße.«

Super, tolle Aussage, damit kann bestimmt jede Frau was anfangen. Irgendwas scheint da wohl schiefgelaufen zu sein mit der Heyderich. Da muss ich doch gleich mal was austesten.

»Wieso?«, frage ich unschuldig. »Was ist denn passiert? Hat das mit Matze nicht geklappt? Das tut mir leid für ihn.«

»Wie? Was ist mit Matze? Ach so, ja, genau, Matze. Das lief echt beschissen.«

»Echt? Wieso denn? Haben meine Tipps nicht funktioniert?«

»Doch, doch! Deine Tipps waren astrein, daran lag es nicht!«

»Sondern?«

»Ach, Frauen sind einfach Scheiße«, seufzt er wieder und nimmt einen Schluck Bier. »Warum können nicht alle Frauen so sein wie du?«

Wie bitte? Das hat er jetzt nicht gerade gesagt, oder? Den ganzen Abend hinter einer Tussi her sein und dann dieser Spruch? Das ist ja wohl die größte Unverschämtheit, die ich seit Langem gehört habe. Ich muss mich beherrschen, ihm nicht gleich die Meinung zu sagen, bin aber zu gespannt, was da noch kommt.

»So? Wie bin ich denn?«

»Na ja«, antwortet er. »Du bist echt okay, du weißt schon. Du bist cool, du bist nett, du verarschst die Leute nicht. Bei dir weiß man genau, woran man ist.«

Okay, das reicht. Das war die Beschreibung eines großen Bruders oder eines Kumpels. Genau, das war die

Beschreibung für Matze. Benny sieht mich nicht als Frau, hat er wahrscheinlich nie getan. Ich hätte ihn schon viel früher abhaken sollen, dann wäre mir das alles hier erspart geblieben. Aber okay, dann ist das jetzt eben genau der richtige Zeitpunkt, um ihm klarzumachen, wie abgehakt er seit heute ist.

»Tja«, sage ich. »Nur zu blöd, dass ich nicht aussehe wie die Heyderich, was?«

»Oh!«, rutscht er ein Stück tiefer in die Couch. »Du … du hast es also mitgekriegt?«

»Mitgekriegt?«, fahre ich meine Stimme hoch. »Ey, sag mal, merkst du überhaupt noch was? Du hast ihr direkt vor meinen Augen die Zunge in den Hals gesteckt! Um das nicht mitzukriegen, hätte ich mindestens in Afrika sein müssen! Aber weißt du, was mich am meisten aufregt? Hm, weißt du das?«

Er zuckt mit den Schultern und rutscht noch ein Stück tiefer.

»Du hast mich angelogen, Benny! Diese ganze Matzescheiße, das war von Anfang an gelogen! Was glaubst du, wie verarscht ich mir da vorgekommen bin?«

»Aber … aber ich wollte doch nur …«

»Was?«, unterbreche ich ihn. »Was wolltest du, Benny? Du wolltest mir nicht die Wahrheit sagen, also hast du gelogen! Das ist es doch, nicht mehr und nicht weniger! Und das, obwohl du mich nach eigenen Aussagen nicht als Frau, sondern als Kumpel siehst! Lügt man seine Kumpels an? Lügst du Matze auch an?«

»Natürlich sehe ich dich als Frau!«, versucht er sich zu

wehren. »Ich hab dich immer als Frau gesehen! Du bist eine Frau, ist doch klar!«

»Okay«, sage ich herausfordernd. »Dann küss mich!«

»Was?« Er sieht mich verwirrt an. »Ich soll dich … Wieso sollte ich dich denn küssen?«

»Weil ich eine Frau bin! Du stehst doch auf Frauen, also warum küsst du mich nicht?«

»Na, weil … weil das nicht geht … Das geht doch nicht.«

»Genau, es geht nicht. Und weißt du auch warum? Weil ich keine langen blonden Haare habe und nicht halb nackt durch die Gegend laufe und du mich eben nicht als Frau, sondern als Kumpel siehst!«

»Ja … vielleicht«, druckst er herum. »Wenn man es so betrachtet … kann schon sein.«

»Das ist auf jeden Fall so! Und das wäre auch völlig okay. Aber ich habe keine Lust mit jemandem befreundet zu sein, der mich anlügt.«

»Ja, okay, kommt nicht wieder vor. Das nächste Mal lüg ich dich nicht mehr an, versprochen.«

»Es wird kein nächstes Mal mehr geben, Benny«, sage ich und stehe auf. »Wie gesagt, ich habe keine Lust mit jemandem befreundet zu sein, der lügt. Und mit jemandem, der auf Tussis wie die Heyderich steht, kann ich schon gar nichts anfangen. Das ist mir zu billig, das ist nicht meine Welt.«

Er sieht mich fassungslos an und öffnet seinen Mund, um etwas zu sagen, aber ich drehe mich einfach um und gehe.

Ja, das tat gut, denke ich, als ich die Treppe hochlaufe. Jetzt ist er wirklich abgehakt.

Ich komme an der Küche vorbei, wo Ronnie gerade ins Spülbecken kotzt. Lecker. An den Wänden kleben überall Essensreste, das sieht aus, als hätte eine Bombe eingeschlagen. Na dann, viel Spaß beim Saubermachen morgen, Benny.

Ich öffne die Haustür und gehe nach draußen. Die Luft ist warm, eine perfekte Sommernacht. Ich atme tief durch und lächle. Ja, jetzt geht's mir gut, richtig gut sogar.

Ich laufe auf das Gartentor zu, als ich von rechts ein Schluchzen höre. Ich kann kaum was erkennen, es ist ziemlich dunkel. Liegt da jemand auf dem Rasen? Ja, sieht ganz so aus. Da liegt jemand auf dem Rasen und heult. Ich gehe leise auf das schluchzende Häufchen Elend zu.

Oh, nein, das ist ja die Heyderich. Muss es ausgerechnet die sein? Was mache ich denn jetzt? Sie hat mich anscheinend noch nicht bemerkt. Am besten drehe ich mich einfach wieder um und verschwinde. Ich mache kehrt, bleibe aber nach zwei Schritten wieder stehen. Nein, das kann ich echt nicht machen, ich kann sie jetzt doch nicht so einfach da heulend liegen lassen, Heyderich hin oder her.

Ich gehe zu ihr rüber.

»Hey, alles okay bei dir?«, frage ich leise.

Sie schreckt auf.

»Was?«, fragt sie verwirrt und richtet ihren Kopf auf. »Wer … oh, Scheiße, auch noch die Kuh! Was willst du?«

Mann, sieht die fertig aus. Zwei Tonnen verlaufene Schminke, der Rock total versaut, die Haare zerzaust und voller Gras. Sie sieht aus, als wäre gerade eine Horde Büffel hier durchgerast. Ich kann mir nicht helfen, irgendwie tut sie mir fast schon leid.

»Ich bin jedenfalls nicht gekommen, um mich beleidigen zu lassen«, sage ich. »Ich habe nur jemanden heulen gehört und wollte mal nachsehen, ob ich irgendwie behilflich sein kann.«

»Ich habe nicht geheult«, schnieft sie und wischt sich dabei die letzten Tränen aus dem Gesicht. »Das ist nur Heuschnupfen.«

Sie versucht sich aufzurichten, rutscht aber auf dem Gras aus und liegt sofort wieder flach.

»Ja. Diesen Heuschnupfen kenne ich, hab ich auch manchmal. Aber keine Sorge, das geht vorbei. Komm, ich bring dich nach Hause.«

Ich strecke ihr meine Hand entgegen.

»Ich kann alleine laufen!«, faucht sie mich an.

»Ich hatte auch nicht vor, dich zu tragen. Komm schon, stell dich nicht so an, ich beiße nicht.«

»Du siehst aber so aus.«

»Das mag sein.« Ich muss lachen. »Bei mir ist das aber Absicht, hält die Idioten fern. Soll ich dir sagen, wie du gerade aussiehst?«

»Um Gottes willen«, lacht sie auch ein bisschen. »Bloß nicht!«

»Na, los, jetzt komm schon.« Ich strecke ihr meine Hand noch ein Stück entgegen, und sie greift endlich zu.

»Ist aber echt nicht nötig, dass du mich nach Hause bringst«, sagt sie, als sie wieder steht und schwankend versucht das Gleichgewicht zu halten.

»Ich weiß«, lächle ich, und wir laufen langsam nebeneinander los. »Aber darum geht es doch nicht.«

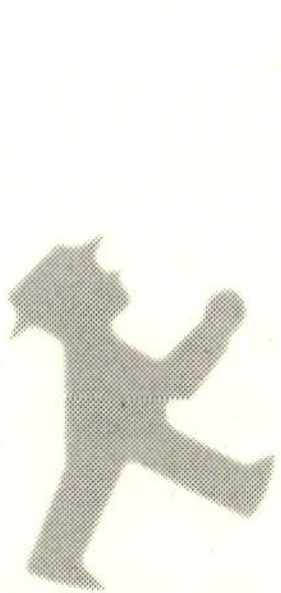

Der Autor über sich selbst

Ich wurde 1966 in Frankfurt am Main geboren. Als Schüler war ich nicht besonders fleißig, aber sehr beliebt. Eine Schule mochte mich sogar dermaßen gern, dass sie mich gleich dreimal die achte Klasse machen ließ, ohne jeden Aufpreis. Eine andere mochte mich anfangs auch gut leiden und schenkte mir ein zweites Jahr für die elfte Klasse, aber zwei Jahre darauf waren die Lehrer dann unerklärlicherweise so böse mit mir, dass sie mich mithilfe eines gemeinen Tricks, genannt Abitur, von einem Tag auf den anderen einfach rauswarfen. Das Gefühl dieser tragischen und unerwarteten Ablehnung verarbeitete ich später in meinem Erstlingswerk »Der Junge Sonnenschein«. 2001 wurden »König für einen Sommer« und »Nichts wie weg!« veröffentlicht. »Ohrensausen« folgte 2002, »Bauchlandung« 2004, »Zugeinander« 2005.

Ursprünglich eine Karriere als Rockstar fest im Blick, musste ich als passionierter Schlagzeuger nach mehreren erfolglosen Versuchen mit verschiedenen Bands einsehen, dass mir diese Art von Ruhm verwehrt bleiben würde. Als mittlerweile eingeschriebener Student für Anglistik, Amerikanistik und Germanistik hatte ich als gescheiterter Musiker sehr viel Zeit, mit der ich nichts anzufangen wusste – bis eines Tages eine Muse in mein Leben trat und mich zum Schreiben des erwähnten Erstlings inspirierte, der Anfang einer (hoffentlich) beispiellosen Schriftsteller-karriere mit Ruhm und Reichtum und Denkmälern bis zum Abwinken.

Wer mit mir in Kontakt treten, mich beschimpfen oder (besser noch) in den Himmel loben möchte, ist herzlich eingeladen auf einen Besuch meiner Website. Unter **www.jochentill.de** gibt es auch jede Menge News und vieles, vieles mehr.

LESEPROBE

»Fiese Ferien«
von Jochen Till
ISBN 978-3-473-52406-8

„Tobias, kommst du?"
Das hört sich ja fast so an, als hätte ich eine Wahl. Was, wenn ich Nein sage? Darf ich dann hierbleiben? Wohl kaum. Das habe ich schließlich bereits die letzten zwei Wochen lang versucht. Vergeblich versucht. Gebettelt habe ich, geschrien habe ich, geflucht habe ich, nichts hat geholfen.
Ich muss mit. Nach Ischgl.
Da ist der Name ja schon bescheuert. Ischgl. Wer nennt denn sein Dorf bitte schön Ischgl? Ischgl.
Ein ganzes Wochenende. Zum Skifahren. Oder Snowboard, wenn mir das lieber ist. Ich habe quasi die Wahl zwischen Pest und Cholera. Vielen Dank auch, sehr gnädig.

Ich hasse Schnee, verdammt noch mal!
Das Zeug ist kalt und nass und saugefährlich.
Jawohl, gefährlich! Entweder wird man
von einer blöden Lawine zermatscht
oder man bricht sich irgendwas.
Ein Bein, zum Beispiel. Und genau das ist
doch der Punkt: Ich bin Fußballer, verdammt!
Was, wenn ich mir in diesem blöden Ischgl
ein Bein breche? Dann ist die Saison für mich
gelaufen und das Landesauswahl-Trainingscamp
an Ostern auch.
Und das soll ich aufs Spiel setzen?
Nur weil mein dämlicher Vater es für eine tolle
Idee hält, mit mir und seiner blöden Schnalle
für ein langes Wochenende nach Ischgl zu
fahren, um einen auf Familie zu machen?
Wobei, das war bestimmt ihre Idee, hundertpro.
Von allein wäre mein Vater nie darauf
gekommen, Ski fahren zu gehen.
Bevor er diese blöde Kuh kennengelernt hat,
bestand seine einzige sportliche Tätigkeit
nämlich darin, mir beim Fußballspielen
zuzugucken.

Und jetzt? Jetzt geht er joggen, spielt einmal die Woche Badminton und entdeckt urplötzlich seine Leidenschaft fürs Skifahren.
Das ist doch nicht normal. Aber eins ist mal klar: Wenn ich mir auch nur den kleinen Finger breche in diesem Scheiß-Ischgl, dann ist aber was los! Dann ziehe ich sofort ins nächste Fußballinternat und die sehen mich in Zukunft nur noch Samstagabend in der Sportschau!
Hoffentlich.
„Tobias! Kommst du jetzt endlich?
Wir müssen los!"
Wenn wenigstens Caro mitfahren würde.
Aber das geht ja leider nicht.
Caro ist meine Freundin, seit letztem Sommer.
Wir haben uns im Ferienlager kennengelernt.
Ja, ich weiß, das hört sich total öde an, Ferienlager. Dachte ich auch zuerst, aber dann war es echt klasse.
Caro. Mein erster Kuss. Und zum Glück nicht mein letzter. Caro ist das hübscheste Mädchen der Welt. Und nicht nur das, sie ist auch total in Ordnung. Und sie spielt Fußball! So richtig,

im Verein! Und gar nicht mal schlecht. Das einzige Problem ist, dass wir uns so selten sehen. Sie wohnt nämlich über hundert Kilometer weit weg. Zum Glück sind ihre Eltern ganz cool und haben nichts dagegen, dass wir zusammen sind und ich sie manchmal am Wochenende besuche. Sie war auch schon ein paarmal hier, aber insgesamt sehen wir uns echt viel zu selten. Umso schöner wäre es gewesen, wenn sie hätte mitkommen können. Aber leider wird ihre Oma ausgerechnet morgen sechzig und da muss sie natürlich hin. Verdammter Mist aber auch! Mit Caro wäre es bestimmt lustig geworden in diesem blöden Ischgl.

„Tobias! Ich sag's nicht noch mal! Komm jetzt, bitte!"

„Ich komm ja schon!"

Sobald ich meinen iPod gefunden habe. Die können mich vielleicht gegen meinen Willen in ein verschneites Kaff namens Ischgl verschleppen, aber die können mich nicht dazu zwingen, ihnen auf der Fahrt dorthin

bei ihren dämlichen Gesprächen zuzuhören.
Verflixt, wo ist denn das blöde Ding?
„Tobias!“
„Ja-ha! Ich kom-me!“
Ich stopfe den iPod in meinen Rucksack
und trotte langsam die Treppe hinunter.
Mein Vater steht bereits in der Tür.
„Na endlich! Los, zack, zack! Ich hab keine Lust, stundenlang im Stau zu stehen, nur weil mein Herr Sohnemann mal wieder nicht in die Gänge kommt!“
„Es ist halb sechs Uhr morgens“, brumme ich ihn an. „Da kommt kein normaler Mensch in die Gänge.“
„Dann hättest du eben früher ins Bett gehen müssen. Du wusstest schließlich ganz genau, dass wir so früh losfahren.“
„Sorry, ich konnte nicht einschlafen“, sage ich mit gequältem Grinsen. „Muss die Vorfreude gewesen sein.“
„Deinen Sarkasmus kannst du dir sparen.“
Er schiebt mich aus der Tür und beugt sich an mein Ohr.

„Und du bist gefälligst nett zu Tamara. Haben wir uns verstanden?“

„Ich soll nett zu ihr sein?“, flüstere ich zurück. „Bist du dir sicher?“

„Natürlich bin ich mir sicher!“, zischt er in mein Ohr. „Wieso sollte ich mir denn da nicht sicher sein? Oder heißt nett in eurer Sprache plötzlich etwas anderes?“

„In unserer Sprache?“

„Na, du weißt schon, Jugendsprache, meine ich.“

„Wir sprechen Deutsch, Papa. Die Sprache unserer Väter. Sonst bräuchten wir nämlich jetzt gerade einen Dolmetscher.“

„Na, dann kannst du ja auch auf gut Deutsch nett zu Tamara sein, oder?“

„Nett ist der kleine Bruder von Scheiße.“

„Wie bitte?“

„Nett ist der kleine Bruder von Scheiße. Noch nie gehört den Spruch? Da steckt viel Wahrheit drin. Denk mal drüber nach.“